Timo Vega

Die Drei Männer Salahs

Als Salah seinen ersten Ferienjob im Hotel Eden annimmt, ahnt der junge Spanier nicht, welche Geheimnisse der Sommer birgt. Nicht genug, dass er das erste Mal auf sich allein gestellt ist, stellen auch noch drei Männer sein Leben auf den Kopf. Verwirrende Gefühle und zwielichtige Abenteuer wecken bislang ungeahnte Begierden in Salah, bis ein einschneidendes Erlebnis ihn fast zerbricht.

'Die Drei Männer Salahs´ handeln von geheimen Leidenschaften und sexueller Grenzerfahrungen, von Traumabewältigung und Liebe. Und alles verpackt in der Leichtigkeit des Sommers.

Timo Vega

Die Drei Männer Salahs

Was wirst du anfangen mit deinem einen wilden und kostbaren Leben?
Zitat Mary Oliver

Impressum

Bibliografische Information der Deutschen Nationalbibliothek:
Die Deutsche Nationalbibliothek verzeichnet diese Publikation in der
Deutschen Nationalbibliografie; detaillierte bibliografische Daten sind im
Internet über http://dnb.dnb.de abrufbar.

© 2023 Timo Vega
Coverdesign: Timo Vega
Fotografien: pexels-jesus-con-s-silbada-6385277 + 7733634
Herstellung und Verlag: BoD – Books on Demand, Norderstedt
ISBN: 978-3-7431-7457-3

Inhaltsverzeichnis

Salah   *7*

Anselmo   *11*

Der Magnat   *32*

Der Größte Schwanz   *71*

Fabian   *119*

*

Salah

Seit vier Wochen war er nun im Hotel *Eden* als Servicekraft tätig. Und vier Wochen war es her, dass der gerade mal einundzwanzig Jahre junge Salah seine Familie und seine Freundin Flor zurückgelassen hatte, um seine neue Arbeitsstelle auf den Balearen anzutreten. Die schlechte Arbeitssituation in seinem Heimatdorf im Süden Spaniens, hatte ihn dazu gezwungen, den sicheren Kreis der Familie zu verlassen. Während des brütend heißen andalusischen Sommers, bot der Tourismus, auf der klimatisch günstiger gelegenen Inselgruppe, gute Arbeit und ein sicheres Einkommen. Allerdings war Salah zum ersten Mal komplett auf sich allein gestellt und fühlte sich in dieser ungewohnten Situation ein wenig einsam. Zuhause in der Provinz Malaga, wo der junge Südspanier, arabischer Abstammung, mit mehreren Generationen im Haus seiner Großeltern lebte, gab es praktisch keine einsamen Momente. Dort teilte er sogar sein Zimmer mit seinem zwei Jahre jüngeren Bruder Alonso, was ihn besonders störte, wenn er am Lernen war oder seine Freundin Flor ihn besuchte. Darüber hinaus war das kleine Haus der Großeltern Moreno-Sabeh Treffpunkt für die gesamte Familie. Es verging kaum ein Tag, an dem nicht mehrere Generationen zusammen im Schatten des großen Walnussbaums Tee tranken und dabei, ganz typisch für die Region, laut gestikulierend diskutierten. Salahs Mama hatte für die Gäste immer selbstgemachte Schmalzkringel, Nussgebäck oder frisches Obst aufgetragen; zu den Abendstunden auch mal liebevoll angerichtete Tapas-Teller mit eingelegten Oliven, salzigen Meeresfrüchten oder feuriger Chorizo und iberischem Manchego Käse. Neben den zahlreichen Onkel und Tanten, kamen auch regelmäßig Salahs ältere Geschwister zu Besuch, die ebenfalls wiederum ihre eigenen Familien gegründet hatten. Daher war das Haus der Großfamilie immer mit bis zu vier Generationen Kindern und Enkelkindern belebt. Jeder Tag glich einem kleinen Fest. Für die Kleinsten war es selbstverständlich aufregend so viele Spielkameraden um sich herum versammelt zu wissen. Während sie in der Mittagshitze in der kühl gefliesten Wohnstube oder im schattigen *Patio* spielten, der mit üppigen Geranien und hängenden Grünlilien in bunten Keramiktöpfen geschmückt war, machten sie gegen Abend mit den anderen Kindern des Viertels die schmale Gasse vor dem Haus unsicher. Und so wurde jeder Tag von fröhlichem Kinderlachen und ausgelassener Toberei begleitet.

Als Salah vor einigen Jahren schließlich Flor daheim vorgestellt hatte, wurde sie von den Moreno-Sabehs sofort wohlwollend in die Familie aufgenommen. Obwohl die beiden Teenager all diese neuen Gefühle der Verliebtheit selbst noch kaum begriffen, stand für den Rest der Familie schnell fest, dass Flor eines Tages in ihren Klan einheiraten würde. Als Salah drei Jahre später seiner Freundin einen Ring zum zwanzigsten Geburtstag schenkte, hatte er nicht ahnen können, welche Freudenergüsse dies in ihrem Umfeld auslöste. Obwohl der Ring nicht als Verlobungsgeschenk gedacht war, organisierten die beiden Familien ein großes Fest in dem kleinen *Patio*. Die Frauen standen stundenlang gemeinsam in der Küche und bereiteten eine *Zarzuela* und noch viele andere kulinarische Köstlichkeiten nach uralten Rezepten zu, während im Garten der Sherry floss. Onkel Carlos spielte auf seiner Gitarre und es wurde bis tief in die laue Sommernacht hinein getanzt und gesungen. Beide Familien arbeiteten bereits eifrig Pläne für die bevorstehende Hochzeit aus und es wurden sogar schon Namensvorschläge für Enkelkinder gemacht. Flor und Salah ließen sich von dem ganzen Zauber richtig mitziehen und träumten nun selbst von einer ganzen Bande Kinder, die sie einmal haben würden. Gleich vier oder fünf sollten es werden. Sie waren sehr glücklich miteinander. Natürlich waren das nur die romantischen Fantasien zweier Verliebter, die ihre erste große Liebe erlebten. Flor hatte schließlich gerade erst ihre Ausbildung abgeschlossen und wollte nun gerne studieren, Salah war noch etwas orientierungsloser. Vielleicht würde er ihr einen richtigen Antrag machen, wenn er im Herbst aus Mallorca zurückgekehrt war und sie sich endlich wieder in die Arme nehmen konnten. Doch die nächsten Monate würde er lernen müssen allein zurecht zu kommen. Noch fühlte er sich fremd und einsam in dem riesigen Hotelkomplex, aber bald schon würde er sich an die neue Situation und bestimmt auch an die harte Arbeit im *Eden* gewöhnt haben, betete er insgeheim.

*

Anselmo

Das *Eden* war ein prachtvoller Hotelkomplex, der sich imposant entlang einer beliebten Badebucht, mit feinem Sandstrand und karibisch anmutendem Meer erstreckte. Auf den ersten Blick glich das Familienhotel einem Urlaubsparadies, mit atemberaubender Botanik in prächtig bunten Farben, eingerahmt vom zarten Grün uralter Olivenbäume und duftender Pinien. Das Herzstück war die ausladende Poollandschaft, die gleichermaßen von jungen Familien und Rentnern frequentiert wurde. Hier entspannte man sich beim Ruhen auf den Sonnenliegen, nahm ein paar kostenlose Drinks an der Poolbar oder trainierte das üppige Frühstücksbüfett bei der Wassergymnastik ab. Die Sonne schien bald dreihundert Tage im Jahr und mit jeder Woge des blauen Mittelmeers wehte der Duft der Ferne über die Anlage.
Bei genauerer Betrachtung erkannte man jedoch deutlich die vielen ausgebesserten Kerben in der Hotelfassade und die feinen Risse, die Salz und Wind in das marode Mauerwerk gefressen hatten. Das Inventar war nicht mehr besonders modern und wies hier und da sogar kleine Beschädigungen auf, die nur notdürftig behoben wurden, denn alle Einnahmen wurden sofort von den Kosten des Tagesgeschäfts und der schwierigen Wasserversorgung aufgezehrt. Daneben erwarteten die

Gäste noch aufwändige Shows und abwechslungsreiche Animation zur Unterhaltung. Nicht zuletzt war das *Eden* mit einem unverschämt teuren Kredit für die Erneuerung der Klimabelüftung belastet. Hinter der sonnigen Fassade des Reiseidylls wurde ein strikter Sparplan eingehalten. Die fleißigen Angestellten arbeiteten daher in zehn bis vierzehn Stunden Schichten - so auch Salah. Mit den ersten Strahlen der aufgehenden Sonne begann seine Schicht im Speisesaal, wo er mit flinker Hand die Tische ein- und abdeckte. Täglich bewegte er dabei mehrere hundert Kilo Geschirr vom Restaurant zur großen Spülmaschine in der Küche und wieder zurück. Dabei grüßte er noch jeden einzelnen Gast mit einem freundlichen Lächeln und bedankte sich mit einem schüchternen *Gracias* für ihren Besuch. Salah war für alle Schichten vom Frühstück bis zum Abendessen eingeteilt und bis auf die wenigen Pausen dazwischen, arbeitete er durch, bis der letzte Gast sein Abendessen beendet hatte und alle Tische für den nächsten Tag eingedeckt waren. Die ersten beiden Wochen schmerzten seine Arme nach der Tortur bleiern schwer, doch sein junger Körper gewöhnte sich schnell an die Strapazen.

Die Servicekräfte im *Eden* waren eine fröhliche Truppe. Das junge Team war frisch zusammengestellt, denn für die Sommermonate engagierte das Hotel viele neue Servicemitarbeiter. Hier im Speisesaal, waren es hauptsächlich junge Männer, denen ausreichend Kraft für die schwere körperliche Arbeit zur Verfügung stand. Trotz der langen Arbeitszeiten und der harten Tätigkeit herrschte untereinander eine ausgelassene Stimmung. Manchmal bekam man den Eindruck, dass das junge Team den Aufenthalt im *Eden* mehr genoss als die Gäste selbst. Zu den Mahlzeiten glich der Speisesaal einem Schlachtfeld. Menschenströme schoben sich zäh und doch im wilden Durcheinander um das aufwendig angerichtete Büfett. Im Saal herrschten dann hitzige Aufregung und ein ohrenbetäubender Geräuschpegel. Kinder rannten ungestüm zwischen den Tischen herum und die Angestellten mussten achtgeben, nicht mit ihnen zu kollidieren. Schon nach wenigen Augenblicken landeten Servierten und Besteck auf dem Boden. Achtlos traten die Gäste auf Pommes und Nudeln, die zuvor von viel zu überladenen Tellern heruntergefallen waren. Obwohl mehrere dutzend Köche und Hilfsarbeiter minutiös gefertigte Kunstwerke aus Gemüse und Obst geschnitzt hatten, glich jede Mahlzeit einer Abfütterung. Kein Wunder, dass manche Urlauber, trotz aller kulinarischer Genüsse, so grimmig dreinblickten, dachte Salah. Einige sahen sogar richtig unglücklich aus. Manchmal war Salah auch unglücklich. Obwohl er schon seit fast drei Wochen im *Eden* arbeitete, hatte er noch keinen rechten Anschluss finden können. Er fühlte sich noch immer fremd in dem jungen Team und seine schüchterne Zurückhaltung erschwerte die Eingewöhnung zusätzlich. All seine Kollegen hatten sich hingegen schnell untereinander angefreundet, tauschten Nummern aus, zeigten sich gegenseitig Bilder auf den Smartphones und verbrachten ihre Freizeit miteinander am Strand oder in den Nachtclubs der nahegelegenen Stadt. Salah spürte große Hemmungen mit den anderen Jungs in Kontakt zu kommen. Abgesehen von beteiligtem Mitlachen, wenn seine Kollegen sich bei der Arbeit gegenseitig Sprüche zuwarfen oder sich jungenhaft neckten, blieb er weitgehend für sich. Anfangs hatte er noch die ein oder andere Einladung zu einem gemeinsamen Ausflug in die Stadt bekommen, doch nachdem er ein paar Mal abgelehnt hatte, blieben die Anfragen aus. Jeden Abend vor dem Schlafen gehen telefonierte er mit Flor und seiner Familie, die er alle schmerzlich vermisste. Wenn er dann hörte, welchen Ärger Alonso wieder gemacht hatte, oder dass Opa und Oma Moreno-Sabeh ihm Küsse sendeten, fühlte er sich fast schon wieder daheim. Es tat gut ihren Stimmen und Alltagsgeschichten zu lauschen. Nachdem das Telefonat beendet war, fühlte er sich jedoch umso einsamer.

Am schlimmsten war allerdings sein nicht enden wollender freier Tag, der ihm einmal die Woche zustand. Ein paar Stunden am Strand oder eine Radtour allein durch die Berge konnten ihn nur schwer vom Heimweh ablenken. Daher arbeitete er schon bald auch an seinen freien Tagen und wurde dafür in die Hotelbar eingeteilt. Die Arbeit hier war nicht so hart wie im Restaurant und noch dazu gab es üppigere Trinkgelder. Das Team war unheimlich freundlich und auch die

Gäste wirkten nicht mehr so gestresst. Die Kundschaft war leutselig und machte reichlich Späße mit dem Personal. Immer wieder wurde man auch auf einen Drink eingeladen, die Salah bloß nicht ablehnen durfte, wurde er instruiert. Schon bei seinem zweiten Dienstantritt fühlte er sich vertraut und war kaum noch auf die Hilfe seiner Kollegen angewiesen.
„Einen *Café Cortado*, bitte.", erklang es eines späten Nachmittags in akzentfreiem Spanisch. Ein junger Mann, ein klein wenig älter als Salah, hatte an der Bar Platz genommen und leuchtete ihn mit offenen, freundlichen Augen an.
„Sehr gerne.", brachte Salah den frisch gemachten Kaffee und platzierte noch ein Schokoladenstückchen auf den Unterteller, so wie er es gelernt hatte.
„Muchas gracias." Der junge Gast nippte an der Tasse und schob sich mit einer beiläufigen Handbewegung die dichten Locken aus der Stirn. Kleine Grübchen bildeten sich auf seinen Wangen, während er Salah verschmitzt anlächelte. „Ich habe dich hier noch nie gesehen... Salah?!", las er mit zugekniffenen, rehbraunen Augen von Salahs Namensanstecker ab. „Ich heiße Anselmo." Es folgte ein unangenehm langes Schweigen, in dem Anselmo ihn lediglich spitzbübisch, aber eingehend betrachtete, fast so, als wolle er sich sein Gesicht ganz genau einprägen. Eine knisternde Spannung breitete sich aus, die Salah nicht so recht zu interpretieren wusste. Nachdem er sichergestellt hatte, dass Anselmo keine weiteren Wünsche mehr an ihn hatte, entfloh er

daher alsbald dem merkwürdigen Verhalten seines Gastes, indem er die nächsten Getränkewünsche abarbeitete, die ihm seine Kollegin bereits zugeschoben hatte. Konzentriert hangelte er sich gerade an der Rezeptanleitung für eine Erdbeer-Colada entlang, als er jäh aus seiner Tätigkeit gerissen wurde.

„Salah?!", streckte ihm Anselmo ein Smartphone entgegen. „Hier in der Nähe soll ein Kunsthandwerksmarkt sein. Ich kann auf der Karte jedoch keinen Eintrag finden.", deutete er auf einen Stadtplan auf seinem Display und blickte dabei hilfesuchend zu ihm hinüber. Salah kannte sich selbst noch nicht so gut aus. In den wenigen Wochen seit seiner Ankunft, hatte er kaum die Gegend erkunden können. Allerdings hatte er schon von dem besagten Markt gehört, der jeden Dienstag im Nachbarort stattfand.

„Mal sehen…", legte er das Messer beiseite, mit dem er zuvor noch Erdbeeren aufgeschnitten hatte und vergrößerte die Karte auf dem Smartphone mit der üblichen Fingerbewegung. Kaum hatte er es berührt, zersprang das Display mit einem krachenden Geräusch in tausend Teile. Salah wurde blass. Ihm lief es gleichzeitig heiß und kalt den Rücken hinab.

„Es… es tut mir leid!", schnappte er nach Luft und hielt sich am Tresen fest, weil seine Knie heftig zu zittern begannen. Noch bevor er seinen ersten Gehalt verdient hatte, würde er bereits einen teuren Schaden abbezahlen

müssen. Anselmo schien jedoch kein bisschen verärgert und grinste nun sogar noch frecher als zuvor.
„Keine Sorge. *No pasa nada.*", lehnte er sich zu Salah nach vorne, als wolle er ihm ein Geheimnis anvertrauen. „Das war nur ein *Prank*! Alles in Ordnung, siehst du?!", wischte er über das Display. Die Grafik veränderte sich und Salah erkannte, dass er reingelegt worden war. „Das ist nur ne App. Meinem Handy geht es fantastisch.", wuschelte er Salah durch das Haar, der nun langsam wieder Farbe ins Gesicht bekam.
„ANSELMO", rief es plötzlich von hinter dem Tresen hervor. Es war Miguel, der Teamleiter. „Deine Schicht hat schon lange begonnen. Ab an die Arbeit, aber schnell!", blickte er ermahnend zu Anselmo hinüber. Der streifte sich seine Arbeitsweste über und zwinkerte Salah verstohlen zu. „Überraschung! Ich bin dein Kollege. Willkommen im Team!"
Ab da wurden die beiden Jungs dicke Freunde. Anselmo gehörte schon seit Jahren zur Crew und war ein richtiger Spaßvogel. Mit seiner lockeren Art kam er gleichermaßen gut bei den Gästen und seinen Kollegen an. Er war ein unheimlich warmherziger Mensch, dem es offenbar gefiel, den schüchternen Salah aus der Reserve zu locken und jede Gelegenheit nutzte, ihm einen kleinen Streich zu spielen. So versteckte er Salah beispielsweise den Shaker, wenn der gerade dabei war ein Getränk zu mixen. Oder er schuckte Salah beim Vorbeigehen eine Handvoll Crushed Ice in die Unterwäsche, der daraufhin mädchenhaft hell aufschrie.

Danach lachten beide ausgelassen. Je länger Salah mit Anselmo zusammenarbeitete, desto wohler fühlte er sich auf der Insel. Wenn dann gegen Mitternacht die Bar schloss und sich die Gäste in ihre Zimmer zurückgezogen hatten, begann erst der richtige Spaß. Die junge Crew kehrte regelmäßig bei *Diegos BBQ Grill* ein - einer Strandbar, die bei den einheimischen sehr beliebt war, da sie die ganze Nacht geöffnet hatte. Ausgedehnt aßen sie dann zusammen Grillfleisch und plauderten bei Cuba Libre bis zwei, manchmal auch drei Uhr in die Nacht hinein. Wer bis dahin noch nicht genug hatte, tauchte noch ins Nachtleben der Stadt ein und tanzte noch einige Stunden in den vibrierenden Clubs. Zunächst hatte sich Salah geziert die Nächte so lange auszudehnen. Dafür war er viel zu pflichtbewusst seiner Arbeitsstelle gegenüber. Doch bald schon fiel es ihm immer schwieriger sich frühzeitig von der spaßigen Truppe zu verabschieden und schloss sich, öfter als geplant, dem Rhythmus seines Teams an. In ihrer Mitte fühlte er sich aufgehoben und vergaß fast das Heimweh und die Sehnsucht nach Flor. Dafür orientierte er sich nun stark an Anselmo, der mit seiner unkonventionellen Art die Menschen verzauberte. Der fünfundzwanzigjährige junge Mann mit dem Nasenring war beliebt. Man schätzte seine Meinung und seine Selbstsicherheit. Er war glückselig und entspannt und das Leben nur eine abwechslungsreiche Spielwiese voller Kunst, Emotionen und Abendteuer. Doch das faszinierendste an Anselmo war diese unbändige

Freiheit, die er lebte. Vor ein paar Jahren hatte er sich als Straßenkünstler in Barcelona durchgeschlagen, davor war er einige Zeit mit einem Wanderzirkus unterwegs gewesen, hatte dort die Gesichter der Kinder mit Fingerfarbe bemalt und andere Hilfsarbeiten erledigt. Seit zwei Jahren war er in den Sommermonaten Bartender im *Eden* und half während der Wintermonate auf einem Ziegenhof in den Bergen aus. Seine Zukunft steckte voller reicher Möglichkeiten und war auf eine spannende Weise unvorhersehbar. Salahs eigenes Leben hingegen war das exakte Gegenteil davon. In seinem Dorf, in der Provinz Malaga, hatte er viel für die Schule gelernt, war fleißig und hilfsbereit, gehorsam und angepasst. In seiner Familie lebte man sehr traditionsbewusst, das bedeutete jede Generation exakt wie die Vorangegangene. Als junger Mann beispielsweise erlernte man einen klassischen Beruf, meist im Handwerk, heiratete, zeugte einige Kinder, war ein guter pflichtbewusster Vater. Die Familie war allumfassende Lebensphilosophie, und ihr Fortbestand das große Ziel. Mit jeder Hochzeit wurde der Klan um einen weiteren Familienzweig erweitert. Darüber hinaus gab es wenig andere Kontakte. Bis auf ein paar einzelne Schulkameraden, mit denen sich Flor und er mal zum Lernen getroffen hatten oder einen *Hamburguesa* essen waren, bestand ihr gewöhnliches Umfeld aus der weitläufigen Verwandtschaft. Das Ansehen jeder Familie stieg gleichermaßen mit der Anzahl der Kinder, die sie zeugten. Die Person mit den meisten Lebensjahren hatte das Sagen über den Klan und diese Tradition wurde anstandslos weitergeführt. Wer der Familie den Rücken kehrte, lief gegen eine Wand des Unverständnisses, selbst wenn der Grund dafür ein Studium im Ausland gewesen wäre. Undenkbar die Situation, wie einst Anselmo, mit einem Wanderzirkus durchzubrennen. Man hätte dies als absolut unhöflich und undankbar gewertet. Wäre er selbst nicht bereits schon das dritte Jahr ohne feste Anstellung gewesen, hätten seine Eltern sich wohl kaum für seinen Aufenthalt im *Eden* eingesetzt. Es war schon lange überfällig, dass ihr kleiner Junge eine Arbeit fand, mit der er Frau und Kinder selbstständig ernähren konnte. Mit der Berufserfahrung, die er auf Mallorca sammeln würde, erhofften sie sich größere Chancen auf dem hiesigen Arbeitsmarkt, im heißen Süden Spaniens. Flors Studienpläne hingegen verunsicherten die Moreno-Sabehs. Häufig musste sie sich dafür rechtfertigen, weshalb sie danach strebe, wo sie doch lieber Mutter werden solle. Dass Flor an der Uni in Malaga bleiben wollte, beschwichtigte die Gemüter zunächst, aber der Druck auf das junge Paar wuchs, ob sie es wohl ernst genug mit ihren Familienplänen hielten. Doch hier in der Ferne, wenn Salah mit seinen Kollegen die späten Abendstunden am Strand verbrachte, fühlte er sich entlastet. Zum ersten Mal, seit er Malaga verlassen hatte, reichte es ganz einfach Salah zu sein. Die kleine Gruppe wurde ihm eine ganz neue Familie und Anselmo war das Herz darin. Er liebte die nächtlichen Unterhaltungen bei Diegos Grill, wo sie unter freiem Sternenhimmel und bunten Glühbirnen ein paar *Cervezas* tranken. Er begnügte sich gerne mit einer Cola, während bei seinen Kollegen regelmäßig ein Grass-Joint in der Runde aufglühte. Er kam zunehmend mit dem wenigen Schlaf zurecht und obwohl er seine Arbeit sehr ernst nahm, ließ er sich keine der langen Nächte mit Anselmo und der Crew entgehen. Oftmals waren sie bis zu zehn Personen, die zusammen loszogen, um Mallorcas Nachtleben unsicher zu machen. Erst wenn zum Monatsende das Geld knapper wurde, verebbten die nächtlichen Tanztouren und gemeinsamen Abende. Heute waren sie daher nur zu dritt. Marisol, eines der Laufmädchen von der Bar, und Anselmo hatten sich beide *Ecstasy* eingeworfen und waren besonders aufgedreht. Sie redeten hauptsächlich von einer neuen Underground Partyreihe in einem kleinen Club und versuchten Salah zu überreden sich ihnen anzuschließen. Anselmo hatte ihm sogar eine seiner Pillen angeboten, aber Salah hatte verneint. Drogen kamen für ihn nicht in Frage. Manchmal trank er ein Bier und noch seltener zwei. Obwohl er sich erst zögerlich verhielt, willigte Salah schließlich doch ein mitzukommen. Anselmo bejubelte dies überglücklich und drückte ihm dafür einen Kuss auf die Wange. Salah überraschte die überschwängliche Freude, schrieb es jedoch den Drogen zu, die sich sein *Compi* eingeworfen hatte. Anselmo und Marisol kannten den Club bereits und liefen beide zügig voraus. Der Weg führte durch

Gegenden, in denen Salah noch nie zuvor gewesen war. Im Dunkel der Nacht glitten sie durch enge Gassen. Zwielichtige Gestalten lungerten dort an jeder Ecke. Ein paar Prostituierte sprachen ihn unterwegs an und legten ihm lasziv ihren Arm um seine Schultern. Verunsichert blieb er stehen, ehe Anselmo ihn weiterzog. Auf dem Weg zum Club passierten sie viele runtergekommene Gebäude, aus deren verrammelten Fenstern dumpfe Discobässe wummerten. Am Rande des Viertels waren sie endlich da. Eine Treppe führte in einen kleinen Gewölbekeller hinunter, aus dem es nach Rauch und Marihuana roch. Vor der Tür standen zwei auffällig lasziv gekleidete Männer mit zurück gegelten dunklen Locken; eine Hand in die Hüfte gestützt, die andere mit spitzen Fingern eine Zigarette haltend. Anselmo und Marisol begrüßten beide mit Küsschen links und Küsschen rechts und stellten ihnen Salah vor, der von den Männern mit verschmitzten Blicken taxiert wurde. Unten im Keller angekommen, klatschte ihm schwül heiße Luft und laute Musik entgegen. Das Publikum feierte frenetisch und schrie zu den synthetischen Klängen der vibrierenden Musik. Salah fiel auf, dass hauptsächlich Männer auf der Tanzfläche waren. Verstohlen blickte er sich mit gesenktem Kopf um und trottete seinen beiden Kollegen, wie ein Hündchen mit eingezogenem Schwanz, zur Bar hinterher. Anselmo bestellte ihm einen *Cuba Libre*. „Amüsier dich ein bisschen, *Chiquillo*…" Und noch ehe Salah sich dafür bei ihm bedanken konnte, war Anselmo wippenden

Schrittes zwischen den tanzenden Männern verschwunden. Rotes und grünes Licht flammte abwechselnd auf und reflektierte auf der nassen Haut der Männer. Viele waren nur spärlich bekleidet. Schweiß rann ihnen zwischen den gestählten Muskeln herab und tropfte auf den klebrigen Boden. Manche waren behaart, andere ganz glattrasiert. Manche waren großflächig mit Tattoos überzogen und trugen eine Art Ledergurtgeschirr um die Brust. Es roch eigentümlich nach Parfüm und Testosteron und Sex. Schlanke Jungs in engen Hosen und aufgeknöpften Hemden räkelten sich in der Menge oder tanzten auf aufgestellten Lautsprecherboxen. In den dunkleren Ecken streichelten sich erregte Typen gegenseitig und rieben ihre Körper aneinander. Salah erblickte Anselmo, der ausgelassen in der Mitte der Tanzfläche herumsprang, die Hände in die Lüfte hob und dabei jubelte. Immer wieder kamen Typen heran getanzt und rieben sich unverschämt an ihm. Anselmo genoss die Berührungen und erwiderte die ein oder andere Annäherung. Salah bestellte sich ein weiteres Getränk. Der Mann neben ihm hatte ihn dabei beobachtet und lächelte ihm nun einladend zu. Sofort hielt er wieder hilfesuchend nach Anselmo Ausschau, doch der war schon wieder in dem wogenden Meer aus tanzenden Kerlen und glitzernden Tunten verschwunden. Mit pochendem Herzen knabberte Salah an seinem Strohhalm und verschlang seinen zweiten Longdrink viel zu schnell, was sein Nachbar aufmerksam registrierte und mit einem Handzeichen

Nachschub orderte. Man prostete sich zu und unterhielt sich ein paar schüchterne, aber ungezwungene Sätze lang, bis der junge Mann von einem Bekannten unterbrochen wurde, der ihm kreischend um den Hals fiel und ihn in ein Gespräch verwickelte. Erst jetzt fiel ihm auf, wie schnell sein Herz in der Brust hüpfte. Die dunstige schwere Luft legte sich bleiern auf seine Atemwege. Schweiß rann ihm den Rücken hinab. Er bekam eine Hitzeattacke. *Ich muss hier raus,* dachte er, ehe er sich etwas benommen durch die Menge schob und im Dickicht des Clubs nach dem Ausgang suchte. Schließlich entdeckte er Anselmo, der gerade einem sehr dünnen Jungen mit silberblond gefärbten Haaren ein kleines Tütchen in die Hand drückte und im Gegenzug ein paar Geldscheine und einen dicken Kuss erhielt. Sie verabschiedeten sich mit ein paar losen Floskeln und einer flapsigen Umarmung.
„Was ist los, Kleiner?! Willst du gehen?", fragte er, als er ihn erblickte.
„Ich muss... raus.", antwortete Salah kurzatmig.
„Bist du verwirrt, weil hier so viele Männer sind?", grinste Anselmo keck.
„Nein, das ist es nicht... Es ist nur so heiß und die Luft...", stotterte er und wankte die ersten Stufen hinauf. Er hatte das Gefühl gleich ohnmächtig zu werden. Als er oben ankam, wehte ihm sogleich die klare Nachtluft um die Nase und erleichterte seine Sinne. Er hielt sich an einem Fenstersims fest und atmete mehrere Male tief ein.

„He *Chiquillo*, alles in Ordnung?" Anselmo war ihm hinterher gestürzt. „Oh je, du bist ja ganz blass!", hakte er seinen Kumpel ein und ging mit ihm ein paar Schritte durch das belebte Clubviertel, das voller rauchender junger Menschen war, die sich ausgelassen vor den Discotheken unterhielten. Nachdem sie sich geschickt durch den Menschendschungel geschoben hatten, lichtete sich die Partyszene allmählich und löste sich in kleine unbelebte Gassen auf, die dunkel und still in der Nacht ruhten. Außer einem fernen Motorrauschen war es totenstill. Selbst die Musik der Zikaden verstummte, sobald sie sich ihnen näherten. Die Anwohner schienen allesamt zu schlafen und hatten die hölzernen Fensterläden zugeklappt. Nur selten schimmerte ein Lichtstrahl dahinter durch. Eine streunende Katze überquerte die Straße, nahm jedoch nur mit einem Ohr Notiz von ihnen. Sie verließen den Stadtbezirk und kamen an eine Felsklippe, an der ein paar schmale Steinstufen zum Meer hinab führten. Die Wellen brachen sich gleichmäßig an der Steilküste und die Luft war salzgeschwängert. Salah folgte seinem Freund vorsichtig, bis sie an einer klitzekleinen Badebucht ankamen. Sie waren allein.
„Setzen wir uns. Dir wird es bald besser gehen, wirst schon sehen!"
Auf einem Felsvorsprung nahmen sie Platz. Dort verweilten sie eine ganze Zeit lang schweigend und starrten in die Ferne über das Meer. Einzig das

gleichmäßige Anrollen der Wellen war zu hören. Über ihnen ein klarer Sternenhimmel, der unablässig funkelte. Salah atmete tief ein. Es kehrte wieder Farbe ins Gesicht zurück. Der Blick in die dunkle Weite beruhigte ihn zunehmend.

„Geht´s wieder etwas besser? Du hast zu viel getrunken, hm *Compi*?", legte er ihm lachend den Arm über die Schulter. Salah lächelte schüchtern. Nun, wo sich sein Puls beruhigt hatte und er wieder Luft bekam, beschäftigte ihn der Club und die Männer, mit denen sein bester Freund getanzt hatte. Salah hatte sich das vorher noch nie gefragt, aber stand Anselmo auf Jungs?! Er hatte ihm bislang lediglich von diversen Freundinnen erzählt und war auch mit einer ihrer Kolleginnen ausgegangen. Von Männern hatte sein Kumpel nie gesprochen. Auf einmal hatte Salah viele Fragen, die er jedoch nicht wagte auszusprechen.

„Hast du dich über den Club heute Abend gewundert?", fragte Anselmo, als schien er zu bemerken, was ihm auf dem Herzen lag.

Salah brummte zustimmend. „Die Männer dort...", fing er an, ohne zu wissen, wie er weiter machen sollte. „Der Club... Das war doch eine Bar für... Männer?!", druckste er ziemlich unbeholfen rum. Er wollte völlig normal klingen, aber konnte nicht die richtigen Worte dafür finden.

„Ob das eine Gay-Diskothek war? Ob wir heute Abend mit Schwulen gefeiert haben?", half ihm Anselmo „JA, Mann!"

Sie schwiegen eine Weile und starrten auf die Wellen.
„War doch ok, oder?!"
„Ich denke schon!", gestand Salah, ein wenig überrascht über seine Erkenntnis. Er hatte noch nie Kontakt zu Schwulen gehabt. Das Thema gab es in seiner Klanwelt in Malaga überhaupt nicht. Klar hatte er schon oft darüber gehört. Das schwule Leben war in ganz Spanien recht gut integriert, Seifenopern waren voll von den Themen und viele Prominente lebten offen schwul. Schwule genossen die gleichen Rechte, durften heiraten und Kinder adoptieren. All das war Salah selbstverständlich bekannt. Aber irgendwie schien diese ganze Gay-Szene in einer anderen Welt zu existieren. In seiner gesamten weitläufigen Verwandtschaft hatte es keinen Schwulen gegeben, soweit er wusste, und das Thema war wohl deswegen auch niemals ein relevantes Tischgespräch bei den ausgiebigen Unterhaltungen bei ihnen daheim geworden.
„Und du?", fragte er schließlich. „Hast du auch schon...? Ich meine, du hast doch immer von Freundinnen erzählt..." Besser konnte er sich nicht ausdrücken.
Anselmo lachte. „Ich liebe das Leben in jede Richtung, mein Freund. Du musst alles mitnehmen, was dich glücklich macht. Verstehst du; denn sonst hast du am Ende etwas verpasst!"
Anselmo lächelte zufrieden und schien das Thema damit abgeschlossen zu haben.

„Ich hab eine Idee! Ausziehen!", sprang er auf und zog sein T-Shirt bereits über den Kopf. „Lass uns baden gehen! Das macht dir wieder einen klaren Kopf!" Und schon hatte er sich nackt ausgezogen und sich lautstark in die Wellen gestürzt. „Na los Salah! Es ist ganz warm!"
Salah war kurz überfordert mit der spontanen Idee seines Freundes, lächelte dann jedoch und entkleidete sich ebenfalls. Es dauerte eine Weile, bis er endlich alle Knöpfe seines Hemdes geöffnet hatte. Anselmo schmiss sich weiter mit dem Rücken voran den Wellen entgegen und feuerte seinen *Compadre* an. „Na mach schon! Es ist toll... Huuuuhuuuu...!", schrie er ausgelassen und beobachtete Salah beim Ausziehen. Endlich lief der schüchterne Halbaraber den Wellen entgegen. Die Nacht war klar und hell. Der Mondschein warf silbriges Licht auf Salahs dunkle Augen. Zarter Haarflaum bedeckte seinen sehnigen Körper. Er hatte die feine Statur eines Schwimmers, die muskulösen Beine eines Fußballers und die zimtfarbene Haut eines Feldarbeiters, der der sengenden andalusischen Sonne ausgesetzt war. Kühle Wellen umspülten seine haarigen Oberschenkel und kühler Meereswind küsste seine schlanken Hüften, während er behutsam ins seichte Wasser glitt. Schon kam Anselmo aus der Strömung gestürmt, umklammerte seinen Kumpel mit nassem Körper und ließ sich mit ihm in die Wellen fallen. Salah schnappte nach Luft, als ihm vor Kälte kurz der Atem stockte. Dann überkam ihn ein unheimlicher

Adrenalinschub. Lachend jagte er Anselmo hinterher und riss auch ihn zu Boden. Eine ganze Weile tunkten sich die beiden nackten Jungs ausgelassen gegenseitig unter Wasser, wobei sich ihre glitschigen Körper immer wieder eng übereinander rieben. Es begann ein Kräftemessen zwischen ihnen. Ein Ziehen und Zerren, ein Umklammern und Wegschieben und wieder Aneinanderdrücken. Das Meer war ihre Kampfarena. Sie verhakten sich minutenlang ineinander, bis einer von beiden endlich nachgab und in den Fluten versank. Je länger sie kämpften und keuchten, desto deutlicher erhärtete Salah. Anselmo ging es ebenso. Sein Penis füllte sich mit Blut und rieb sich nun gewichtig an Salahs Schenkeln, klatschte schwer auf dessen Bauch auf und schmiegte sich vertraut an seinen Po. Salah erwiderte den Kontakt unerschrocken in der Rangelei und drückte sich seinerseits eng an Anselmos Lenden. Ihre Atmung veränderte sich; nicht nur durch die Anstrengung des Kampfes. Immer öfter kamen sie sich so nahe, dass sich ihre harten Hoden berührten. Ihre Ringergriffe glichen nun eher Umarmungen, mit denen sie sich feste an sich zogen. Wenn ihre Gesichter dann nah genug beieinander waren und sie sich heißen Atem zuspielten, öffnete wenigstens einer von beiden Jungs einladend die Lippen. Und irgendwo da, zwischen Mondschein und Gezeitengetöse, zwischen Umarmung und Kampf, küssten sich die beiden Freunde. Der Austausch war stürmisch wie die aufgewühlte See. Ihre Zungen ertasteten einander voller Hingabe und salzige

Schaumkronen umspülten ihre feuchten Leiber. Ihre gierigen Hände streichelten sich energisch und mit geübtem Griff schaukelten sie sich gegenseitig dem Orgasmus näher und näher. Es dauerte nicht lange, bis sich die aufgestaute Lust explosiv entlud und von den Fluten davon gespült wurde. Ihr Stöhnen der Erleichterung erlosch in der kühlen Nachtluft. Schließlich lagen zwei nackte junge Männer auf dem warmen Felsen in der kleinen Bucht und atmeten gen Himmel. Salah hatte das Gefühl das Leben ausgekostet zu haben.

    In den darauffolgenden Tagen waren die beiden Jungs unzertrennlich. Anselmo war sein bester Freund geworden, der nun jede Minute mit ihm verbrachte. Für ihre Kollegen wurde es schwer an dieser ungeheuren Intimität teilzunehmen. Anselmo und Salah machten Späße, die nur sie beide nachvollziehen konnten, sie flüsterten sich Geheimnisse zu und waren so vertraut miteinander, dass sogar Marisol, welche den Jungs immer sehr nahestand, nicht an sie rankam. Doch nur drei Wochen nach ihrem gemeinsamen Abenteuer wurde Anselmo entlassen. Man hatte bei ihm Drogen gefunden und ihn dafür sofort gefeuert. Salah war traurig darüber und fühlte sich verlassen. Nicht auf erotische Art verlassen, denn nach jenem Abend am Strand, waren sie nicht nochmal so intim miteinander geworden; ihm fehlte jedoch der Spaß, den er mit Anselmo gehabt hatte. Sie waren sogar noch einmal in dem schwulen Club gewesen, was ein ziemlich ausgelassener Abend war. Aber ohne Anselmo würde er dort nicht mehr hingehen. Die Männer dort hatten auf ihn keinen Reiz und die Partys ohne seinen *Compi* waren langweilig. Manchmal ging er noch mit den anderen zu *Diegos BBQ Grill*, aber auch diese Abende nahmen mit der Zeit ab. Salah besann sich wieder hauptsächlich auf seine Arbeit. Das Geld, das er verdiente, sparte er nun wieder für seine Zukunft mit Flor und für die Kinder, die sie mal zusammen haben sollten. Von der besagten Nacht mit Anselmo hatte er ihr nie erzählt. Sie war seine ganz persönliche Erfahrung, die er für sich behielt und es bestand überhaupt keine Notwenigkeit Flor derart tiefe Einblicke zu gewähren, befand Salah. Es war eines dieser tief verborgenen Männergeheimnisse, die man nicht teilte. Dieser wohlgehütete Schatz in seinem Inneren, vereinte ihn nun mit dem geheimnisvollen Wesen aller Männer, spürte er.

*

Der Magnat

Die Zeit im *Eden* verging. Salah arbeitete nun jeden Tag an der Bar. Seit Anselmo nicht mehr da war, fehlte es dort an festem Personal. Da er sich gut eingearbeitet hatte, hatte man ihm die Stelle als festen Bartender angeboten. Seine Schicht begann nun ab halb elf an der Poolbar, wo er den sonnengebräunten Rentnern mit kühlen Drinks eine Abkühlung verschaffte. Außerdem hatte er die Bar sauber zu halten, musste rechtzeitig für genügend Crushed Ice sorgen, Vorräte auffüllen und zwischendurch die leeren Gläser einsammeln, die die Gäste oftmals achtlos liegen ließen. Alles in allem war diese Arbeit viel angenehmer als der Servicedienst im Speiseraum. Salah sah viele Gäste kommen und gehen. Kaum hatte man sich an einen Gast gewöhnt, war dieser auch schon wieder abgereist. So war das immer. Dabei kam es gerade im Service darauf an, den Urlaubern auf einer freundschaftlichen Ebene zu begegnen. Salah kam bei den Gästen, trotz seines zurückhaltenden Wesens, gut an. Seine Freundlichkeit war authentisch. Die Leute schätzten dies und gerade die Damen erlagen seiner zuvorkommenden Art und dem Charme seiner tiefbraunen Augen.

Eines sonnigen Nachmittags stand plötzlich ein hoch gewachsener Gast mit strengen Gesichtszügen vor ihm an der Poolbar, den Salah noch nie zuvor gesehen hatte. Der Mann fixierte ihn mit festem Blick.

„Mr. Alexej hat Gäste in *Laguna Azul*…", stieß der Fremde die Worte mit hartem russischem Akzent hervor. Salah verstand nicht recht. Er kannte die *Laguna Azul* – die *Blaue Lagune*. Es war die einzige Luxussuite, die es im gesamten Hotel gab. Er hatte schon über sie gehört, war allerdings noch nie dort gewesen. Trotzdem wusste er nicht, was der Mann von ihm wollte.

„Kommst du bitte mit. Du machen Cocktails. Mr. Alexej bezahlen große Geld." Das hörte sich eher nach einem Befehl als nach einem Wunsch an. Nach einem groben Wortwechsel mit dem Fremden verstand Salah endlich. Er sollte als persönlicher Bartender in die *Laguna Azul* kommen, um dort die Gäste von Mr. Alexej zu bedienen, der die Suite gemietet hatte. Dieser persönliche Service war jedoch selbst für die Bewohner der Luxussuite nicht angedacht. Jedenfalls hatte Salah noch nie davon gehört. Er überlegte, wie er das dem Russen höflich vermitteln konnte.

„Ich darf leider nicht hier weg, *Señor. Lo siento!* Es tut mir leid."

Der Russe wedelte nur unbeeindruckt mit einer Fünfzig Euro Note und beharrte aufs Salahs Dienste, die nach der Schicht noch großzügiger entlohnt werden sollten. Obwohl das großzügige Angebot nach leicht verdientem Geld klang, verneinte er nachdrücklich.

„*Imposible*. Ich bin allein in der Bar. *Solo yo.* Ich kann hier nicht weg, verstehen Sie?"

Der Russe verstand anscheinend nicht, denn er wedelte immer noch verlockend mit dem braunen Geldschein vor Salahs Nase und betonte erneut die lukrative Bezahlung, die Mr. Alexej bereit war zu leisten. Normalerweise hätte Salah unter gar keinen Umständen seine Pflichten vernachlässigt. Alle wussten, dass man sich einhundertprozentig auf ihn verlassen konnte. Doch in diesem Falle... Er hatte schon von dem Mann gehört, der seit ein paar Tagen die Suite bewohnte. Ein russischer Magnat, der unglaublich vermögend war, wurde gemunkelt. Bislang hatte jedoch noch keiner der Angestellten den geheimnisvollen Russen zu Gesicht bekommen. Die meiste Zeit seines Aufenthalts genoss der ominöse Milliardär nämlich auf seiner privaten Yacht, ein weißes Langschiff mit mehreren Stockwerken, das in der Bucht vor dem Hotel lag. Dennoch hatte er die *Blaue Lagune* für drei Wochen angemietet. Salah konnte sich gut vorstellen, wie lohnend diese ungewöhnliche Anfrage sein mochte.
„Mr. Alexej will nur dich.", drängte der Russe bestimmend und riss ihn aus den Gedanken.
„Fünf Minuten, *por favor!*", entschied Salah kurzerhand und schon rannte er durch die Anlage, um Marisol zu suchen. Sie sollte ihn in der Bar vertreten. Die fünfzig Euro würde er ihr als Entschädigung geben. Er war sicher, dass sie für ihn einsprang, da Marisol immer knapp bei Kasse war. Außerdem mochte er das viel zu dünne Mädchen mit dem markanten Lidstrich um die Augen sehr gerne.

Bereits eine viertel Stunde später befand sich Salah im obersten Stockwerk vor der Luxussuite, deren Eingang auf den ersten Blick jedoch einen wenig luxuriösen Eindruck machte und sich kaum merklich von den anderen Zimmern abhob. Er klopfte mit den Fingerknöcheln zaghaft an das massive Holz der Tür. Sein Herz wummerte unruhig; gespannt, was nun weiter geschehen würde, ehe ihm schließlich ein schmalbrüstiger blonder Junge, mit eisblauen Augen, öffnete. Er war etwa in Salahs Alter und trug einen viel zu großen weißen Bademantel, der bis zum Bauchnabel offenstand. Argwöhnisch musterte er den jungen Barkeeper. Salah konnte sich nur schwer vorstellen, dass jenes junge Kerlchen der besagte Milliardär sein sollte, der nun etwas auf Russisch hinter sich in den Raum rief und Salah mit einer Handbewegung hereinbat. Etwas zurückhaltend blieb er an der Tür stehen, denn er wusste nicht so recht, wohin er nun gehen sollte und was er zu tun hatte. *Und wo zum Teufel war dieser ominöse Mr. Alexej?* Ein großer bulliger Mann, ebenfalls lediglich mit einem weit offenstehenden weißen Bademantel bekleidet, erschien als Antwort auf seine Frage. Auf seinem muskulösen Torso wanderte eine dichte und gleichsam weiche Körperbehaarung von den enormen Hügeln seiner Brustmuskeln bis zum Bauchnabel hinab. Mit sonorer Stimme begrüßte er Salah auf Russisch und streckte ihm eine seiner riesigen Bärentatzen entgegen. Mr. Alexej mochte um die fünfzig Jahre alt sein und hatte kurze dunkle Haare, die an den Schläfen mit hellgrauen Strähnen durchzogen waren. Im Gegensatz zu seinem kräftigen Hals, ruhte ein fast klein wirkender Kopf darauf, mit harten Konturen und einem kantigen Kinn. Die Augen waren blau wie das Mittelmeer, aber weitaus kühler, obwohl er ihn anlächelte. Eingeschüchtert, durch die mächtige Erscheinung des Magnaten, verneigte sich Salah zaghaft. Mr. Alexej ließ eine seiner schweren Pranken auf Salahs Schultern ab, der sogleich das Gefühl bekam von einem Eisbären umarmt worden zu sein, und schob ihn mit Nachdruck durch mehrere geräumige Zimmer. Salah staunte nicht schlecht über die Suite. Die Möbel hier sahen alle sehr hochwertig aus und der Duft von süßem Holz und frisch bezogenem Stoff haftete noch an ihnen. In den offenen Räumen waren riesige Fensterfronten eingelassen, die einen weiten Panoramablick auf das türkisfarbene Meer mit seinen weißen Schaumkronen gewährten. Die beeindruckende Aussicht und die großzügigen Räumlichkeiten beruhigten allmählich seine Sinne. Kurz vor dem Schlafzimmer, mit dem schneeweißen Himmelbett, wand sich eine helle Wendeltreppe zur Dachterrasse hinauf. Der bärige Russe schob ihn sanft die Stufen hoch, bis sie auf dem Dach des Hotels angekommen waren. Nicht weit vor ihnen war ein privates Pool in den Boden eingelassen, aus dem es fröhlich gluckerte. Zwei gutaussehende silberhaarige Herren saßen bereits darin und wurden von mehreren schmalen Burschen in Salahs Alter umgarnt. Auf den

Sonnenliegen dahinter döste im Schatten ein weiterer älterer Mann mit dickem Bauch. Neben ihm zwei blonde Jungchen, die Champagner tranken. Die komplette Gesellschaft war nackt und ließ sich von Salahs dazustoßen nicht im Geringsten aus der Fassung bringen. Nahezu demonstrativ zog einer der Herren im Pool gerade einen braunhaarigen Jungen zu sich ran und drückte ihm einen langen tiefen Kuss ins Gesicht. Unter einem gespannten Segeltuch befand sich eine kleine Bar aus buntem Treibholz und Bambus. Mr. Alexej deutete ihm mit Handzeichen, dass er sich ausziehen solle und zog dreihundert Euro aus dem Bademantel, die er auf der Bar unter einem Cocktailglas fixierte. Ohne zu zögern, kam Salah dem Wunsch nach. Lediglich seine Unterhose ließ er an. Mr. Alexej deutete ihm auch diese abzulegen, doch Salah schüttelte verneinend den Kopf. Die Russen reagierten sehr verärgert über seine Widerspenstigkeit und diskutierten lautstark. Es folgten barsche Worte und abfällige Gesten, bis sogar einer der Jungs aufsprang und unten in der Suite verschwand. Man schüttelte die Köpfe und beschwerte sich bei Mr. Alexej über Salah, dem die Situation nun ziemlich unangenehm wurde. Doch der Magnat reagierte mit gelassenem Wortwechsel und beruhigte die überhitzten Gemüter. Schließlich kam der Junge aus der Suite zurück und hielt ihm etwas Knallorangenes unter die Nase. Mr. Alexej fuhr mit einem sehr bestimmenden Tonfall fort, der keinen Raum für Widerspruch zuließ. „Anziehen!", übersetzte der jungche Typ mit schwerem

Akzent und wedelte erneut mit dem knappen Stück Stoff unter Salahs Nase herum. Salah streifte seine Shorts ab und stieg in den viel zu knappen *Jockstrap*, der offenbar dem schmalen Jungen gehörte, der ihn ihm gebracht hatte. Selbst nach einigem zurechtlegen der Hoden, konnte er seine Genitalien jedoch nur schwer in dem knappen Stoffsäckchen verstauen. Offensichtlich war der junge Russe weniger groß gebaut. Die Gesellschaft schien jedoch besänftigt zu sein und lachte nun wieder.

Konzentriert tat Salah nun seine Arbeit, nahm Bestellungen auf, mischte die aufwendigen Getränke und bediente professionell die Gäste des Magnaten. Dabei akzeptierte er, dass sie ihm auf den nackten Hintern klapsten, ihm zärtlich über die Beine und Brustwarzen streichelten oder mit den Fingern in den dunklen Haaren unter seinem Bauchnabel spielten. Die Russen waren äußerst spendabel und bedankten sich für seinen Service, indem sie ihm Geldscheine in den Hosenbund steckten, wobei die Gummibänder des engen Slips regelmäßig schmerzhaft in seine geschwollenen Hoden schnitten. Alle soffen wie die Blöden, waren laut und ausgelassen. Die älteren Herren bedienten sich an ihren Lustknaben, wie an einem opulenten Büfett. Die Jungs lachten und kokettierten und ließen sich anstandslos alle obszönen Anzüglichkeiten gefallen. Je derber, desto lustiger schien der Spaß zu sein. Dennoch lag über ihrer Vergnügtheit eine frostige Kälte. Den Herren schien das entweder nicht aufzufallen oder es war ihnen egal. Salah vermutete Letzteres. Allesamt waren erfahrene Geschäftsmänner im besten Alter, die über Macht und Reichtum verfügten. Wer sich alles kaufen konnte, den erschreckte auch gekaufte Liebe nicht. Vielleicht schienen ihnen gekaufte Gefühle ohnehin kontrollierbarer als echtes Begehren. Wenn sie Salah berührten, spielte er ihnen keine Lust vor. Er ließ die schmierigen Zärtlichkeiten über sich ergehen und konzentrierte sich auf die Dienstleistung, für die er gebucht war. Wenn die Herren ihm jedoch zwischen die Beine griffen, wehrte er bestimmend ab. Nach einigen Versuchen hatten es die Russen schließlich akzeptiert, dass sein Intimbereich für sie tabu war.

Nach über zwei Stunden beendete er seinen privaten Dienst in der *Laguna Azul* und zog sich rasch an, um endlich Marisol abzulösen. Der Magnat hatte ihm dreihundert Euro bezahlt; hinzu kamen die Trinkgelder der anderen Geschäftsmänner. Salah zählte weitere zweihundert Euro und beschloss Marisol davon noch einmal fünfzig Euro abzugeben. Immerhin war sie sofort für ihn eingesprungen. Mr. Alexej begleitete ihn zur Tür und verabschiedete sich auf Russisch, wovon Salah kein Wort verstand.

*

Nur einen Tag später, während seiner Abendschicht in der Hotelbar, erhielt Salah ungewöhnliche Post. Die geschwungenen Zeiger der großen Standuhr im Salon standen auf viertel vor zwölf. Die Abendanimation war schon lange vorbei und ein Großteil der Gäste war bereits zu Bett gegangen. Lediglich eine größere Gruppe alkoholisierter Engländer und vereinzelnde Pärchen genossen noch die letzte Getränkerunde. Mit einem sauberen Tuch reinigte Salah die Kaffeemaschine und desinfizierte danach die Milchschläuche, als er plötzlich ein kleines Paket auf dem Tresen entdeckte, auf welchem in großen Buchstaben sein Name stand. Während seiner gesamten Laufzeit hier im *Eden* hatte er kaum Briefe erhalten und noch gar niemals ein Paket. Salah wunderte sich über die heimliche Post, auf der noch dazu kein Hinweis zum Absender zu ersehen war. Er zählte nun die Minuten bis zum Feierabend und beeilte sich mit dem Säubern der Bar, um endlich das Geheimnis seines Fundes zu lüften. Als er schließlich gegen fast ein Uhr seine Schicht beendet hatte und sich erschöpft auf sein Bett fallen ließ, brannte er nur noch darauf, es genauer in Augenschein zu nehmen. Hatte Flor ihn vielleicht überraschen wollen? Er staunte nicht schlecht, als er eine kleine schwarze Schatulle darin entdeckte. Vorsichtig öffnete er die feine Verschlussklappe, als ihn auch schon ein goldener Anhänger in Form einer Münze anfunkelte. Der

Goldtaler war mit filigranen maurischen Zeichen verziert worden und überraschend schwer, als er ihn aus dem Etui nahm. In der Mitte war in arabischer Schrift sein Name eingraviert. Am Kopf der Münze war eine Öse angebracht, so dass man sie als Anhänger an einer Kette tragen konnte. Salah wunderte sich, wer ihm solch ein teures Geschenk machen würde. Es konnte unmöglich von Flor sein. Schließlich entdeckte er ein kleines Briefchen, auf dem lediglich *hasta pronto* also *bis gleich* und die geschwungene Unterschrift Mr. Alexejs zu erkennen waren. Eine Zimmerkarte der *Laguna Azul* war beigelegt und er verstand, dass der Milliardär ihn erwartete.

Kurze Zeit später schlich Salah im Schatten der Nacht mit gemischten Gefühlen zur *Laguna Azul*. Die Flure waren menschenleer und nur vereinzelnd vernahm er noch murmelnde Geräusche der Fernsehgeräte aus den Zimmern. Bis auf ein paar wenige Gäste schien das gesamte Hotel bereits zu schlafen. In den einsamen Gängen surrte der Strom und die Lichter flackerten. Salahs Herz klopfte aufgeregt vor Neugier und Ungewissheit, was der Milliardär diesmal von ihm verlangte. Er musste sich eingestehen, dass ihn nicht nur die großzügige Bezahlung des Russen köderte, die er für seine Dienste erhielt. Es war auch der Reiz des Verbotenen, welcher von der zwielichtigen Gesellschaft ausging, die sich, verborgen vor den Augen der anderen Gäste, hemmungslos einem dekadenten und hitzig aufgeladenen Lebensstil hingaben. Die *Laguna Azul* war wie eine Parallelwelt, in der Salah sich überraschend erhaben gefühlt hatte, selbst wenn dafür seine Dienste in viel zu knappen Hosen erwartet wurden. Er atmete noch ein letztes Mal tief ein, nahm schließlich die Zimmerkarte und schloss die Tür auf. Die Räume waren dämmrig beleuchtet und angenehme Pianomusik erfüllte die Suite in Dolby Surround. Von dem Russen war nichts zu sehen, aber Rosenblüten auf dem Boden wiesen den Weg zur Wendeltreppe. Bedächtig schritt er die mit Teelichtern und Blüten geschmückten Stufen in die Nacht hinauf. Salah konnte sich nur schwer vorstellen, dass der bärige Russe die Dekoration selbst vorgenommen hatte. Ein warmer Nachtwind wehte ihm schließlich um die Nase. Mr. Alexej befand sich im Pool und lächelte zufrieden, als er Salah erblickte. Um ihn herum leuchteten mehrere Windlichter und Fackeln loderten heiß in den Nachthimmel. Sie waren allein. Er näherte sich dem Pool, in dem Mr. Alexej sich von einem blubbernden Strudel umspülen ließ. Es reichte nur eine kleine Geste des Magnaten und Salah streifte sich die Kleidung vom Leib und glitt sanft zu dem russischen Bären hinab. Gierig zog dieser ihn mit einer seiner riesigen Hände zu sich ran und erforschte mit der anderen überraschend zärtlich seinen Körper. Die starken Finger spielten in Salahs lockigem Scham, streichelten über seine Schenkel und liebkosten forschend die schmalen Hüften. Alle Berührungen kribbelten aufregend auf seiner Haut und auch seine

Brustwarzen stemmten sich empfindsam gegen die groben Finger des Magnaten. Salah lehnte sich in die aufgepumpten Arme des Russen und blickte glücklich in den klaren Sternenhimmel. Obwohl völlig unklar war, wie weit er für den goldenen Anhänger gehen sollte, blieb er gelassen. Mr. Alexejs respektvoller Umgang mit ihm, bestärkte Salahs Vertrauen, sich in sichere Hände zu begeben. Er war nun Mr. Alexejs Lustknabe und das erregte ihn. Er musste an Anselmo denken, daran was er damals am Strand zu ihm gesagt hatte. *Ich liebe das Leben in jede Richtung, mein Freund. Du musst alles mitnehmen, was dich glücklich macht. Verstehst du; denn sonst hast du am Ende etwas verpasst!* Wer konnte schon von sich behaupten so etwas in seinem Leben mitgemacht zu haben. Der Russe erwies sich als perfekter Gastgeber. Aufmerksam reichte er Salahs ein Kristallglas mit Champagner und schob ihm einen opulent gefüllten Teller mit Obst und Käse entgegen, an dem er sich reichlich bedienen durfte. Er reichte ihm Brot und goldenen Kaviar und las ihm scheinbar jeden Wunsch von den Lippen. Die Dekadenz, mit der der Russe auffuhr und die Macht, die er ausstrahlte, vernebelten Salah nun die Sinne. Auf eine seltsame Weise fühlte er sich selbst reich und mächtig und nie zuvor hatte er sich derart kostbar gefühlt. Es war betörend. Und während der Nachtwind eine wunderschöne Piano-Melodie über das Meer davontrug, küsste er den Magnaten naiv und zart. Der Whirlpool sprudelte nun genauso aufgeregt, wie der Champagner in Salahs Kopf. Sein Penis hatte sich gefüllt und sehnte sich nach den Berührungen der mächtigen Hände. Knochenhart streckte er sich dem Russen entgegen, ließ sich sowohl sanft als auch kraftvoll von ihm liebkosen. Mit erstaunlicher Raffinesse spielten die groben Finger mit Salahs Lust, bis sein Schoss heiß glühte. Nie zuvor hatte er eine ähnliche Intensität gespürt. Nicht bei Flor, nicht bei Anselmo, nicht einmal, wenn er sich selbst berührte. Er ergab sich seiner Lust, ergab sich Mr. Alexejs Erfahrung und gleichsam dessen Hand, die ihn mit einer solch ausdauernden Geduld bearbeitete, welche Salah bis dahin nie erfahren hatte. Abschließend hob Mr. Alexej ihn auf den Beckenrand, um ihn Oral zu liebkosen. Der warme Mund und das raffinierte Zungenspiel des hünenhaften Magnaten führten zu einem baldigen Finale. Salah ergoss sich unter heftigem Aufbäumen im Mund des Russen. Erschöpft ließ er sich auf den Rücken fallen, seine behaarten Beine baumelten im Pool, sein noch immer erhärteter Muskel reckte sich zuckend gen Himmel. Mr. Alexej lachte zufrieden, während Salah sich nur langsam von der Intensität des Orgasmus erholen konnte. Schwer atmend lag er am Beckenrand, während Mr. Alexej aus dem Wasser stieg und eine Weile in der Suite verschwand. Als er zurück kam warf er ihm einen der weißen Bademäntel zu, deutete ihm diesen anzuziehen und ihm zu den Sonnenliegen zu folgen, neben denen weitere Getränke und Früchte warteten. Salah schlüpfte in den flauschigen Mantel, als er plötzlich ein kleines Kästchen

darin ertastete. Verwundert zog er es heraus. Mr. Alexej grinste verschmitzt. Er verstand sofort, dass es sich dabei um seine Bezahlung handelte. Kaum hatte er die kleine Schatulle geöffnet, glitzerte ihm eine dicke goldene Kette entgegen. Das Pendant zu seinem Anhänger. Nicht genau wissend, wie er darauf reagieren sollte nickte er dem Magnaten anerkennend zu, welcher sich gleich dazu entschloss ihm die schwere Gliederkette umzubinden.
Salah verbrachte die komplette Nacht bei seinem spendablen Gastgeber. Gegen Morgen trug ihn der Russe ins Schlafzimmer, wo er ihn mit ähnlich raffinierten Zärtlichkeiten ein zweites Mal zum Orgasmus führte. Der Russe schlief danach laut schnarchend neben ihm ein.
Salah zog sich an, als die ersten Sonnenstrahlen das Meer am Horizont küssten. Er hatte nur wenig geschlafen und musste um halb elf schon wieder an der Poolbar sein. Als er gerade gehen wollte erwachte der Milliardär und überreichte ihm mehrere hundert Euro Noten.

*

Noch mehrmals die Woche fand die Zimmerkarte der *Laguna Azul* auf geheimnisvolle Weise ihren Weg in Salahs Hände. Die Nächte verliefen allesamt recht ähnlich. Salah blieb bis in die Morgenstunden bei seinem spendablen Gastgeber. Sie aßen Kaviar und tranken Champagner zusammen und dazwischen bescherte ihm Mr. Alexej ein ums andere Mal intensive Orgasmen. Jeden Morgen entlohnte er ihn mit Geldscheinen oder kostspieligen Geschenken. Nicht selten lagen wertvolle Hemden und Schuhe von teuren Designern für ihn bereit oder sogar eine protzige Armbanduhr.

In der letzten Woche vor Mr. Alexejs Abreise lud er Salah dazu ein, ihn auf seiner Yacht, der *Troja*, zu besuchen. Es war der erste freie Tag seit langem, den er tatsächlich in Anspruch nahm, um der Einladung Mr. Alexejs zu folgen. Es war einer der unzähligen Sonnentage auf Mallorca, an denen keine Wolke am Himmel zu sehen war und das Meer nahezu ruhig da lag. Mehrere Blau- und Türkistöne küssten sanft den Rumpf der schneeweißen Yacht. Neben Salah konnten sich zwei Oligarchen in den Fünfzigern mit ihren jungen russischen Lustknaben zu den ausgesuchten Gästen Mr. Alexejs zählen. Das Schiffspersonal blieb unsichtbar. Es herrschte von Anfang an ausgelassene Stimmung an Bord. Bereits am frühen Vormittag flossen Wodka und

Gin in enormen Mengen. Mr. Alexejs Freunde waren mit dickem Schmuck behangen und trugen Sonnenbrillen und Badeshorts teurer Designer, während Salah und die anderen Jungs ausnahmslos nackt sein mussten. Alle gaben sich heiter und obszön. Es wurde viel gelacht und getrunken. Die jungen Russen boten sich den Geschäftsmännern immer wieder schamlos an und ließen sich in anstößigen Positionen fotografieren. Einer schreckte sogar nicht davor zurück, sich einen Eiswürfel in den Anus zu schieben, bis er schließlich einen Kälteschock erlitt, woraufhin alle lauthals lachten. Nichts blieb unversucht die reichen Herren zu unterhalten. Und auch diese profilierten sich vor den Jungs, indem sie immer wieder stolz ihre harten Schwänze auspackten, ganz so, als wollten sie ihre Potenz unter Beweis stellen. Einer der Gäste machte sich einen Spaß daraus, sein schweres Glied in seinen Longdrink zu tauchen, um sich daraufhin den Alkohol ablutschen zu lassen. Je einfallsreicher und derber sich die Russen zeigten, desto lauter wurde gelacht. Auch Salah lachte mit. Zwar waren ihm die Umgangsformen der aufgeheizten Runde viel zu vulgär, dennoch konnte er sich an der allgemeinen Ausgelassenheit erfreuen. Außerdem war er die meiste Zeit nicht in die demütigenden Anzüglichkeiten eingebunden, denn jedem auf der Yacht war bewusst, dass er exklusiv Mr. Alexej vorbehalten war. Keiner der Gäste wagte es daher Salah anzurühren. Bislang forderte auch Mr. Alexej seine Ansprüche nicht bei ihm ein. Dafür bediente er sich jedoch ebenso ordinär, wie die übrigen Gäste, an den russischen Knaben und suchte immer wieder ihre Nähe, um sie zu berühren und sich an ihnen aufzuladen. Salah war froh, dass er von Mr. Alexej kostbarer behandelt wurde. Er würde sicherlich noch früh genug seine Dienste einfordern, jedoch nicht zur Belustigung der betrunkenen Gäste. Daher konnte er dem unsittlichen Treiben entspannt entgegensehen und den Tag einfach genießen.

Gegen Mittag legte die *Troja* das erste Mal an. Die Yacht wurde am Hafen fest vertäut und ihre illustren Gäste stiegen, einer nach dem anderen, über eine wackelige Planke an Land. Gemeinsam schlenderten sie durch die warmen Gassen des kleinen Hafenstädtchens. Eine kühle salzige Brise und der Geruch von Gegrilltem lagen in der Luft. Die Jungens und ihre Herren durchforsteten mehrere kleine Läden, in denen fröhliche Musik lief. In jedem der Geschäfte wurde unter lautstarkem Miteinander anprobiert, vorgeführt und konsumiert. Nahezu überall setzten die Russen beachtliche Geldsummen um. Auch Salah profitierte davon. Neben zwei Designer-Sonnenbrillen schenke ihm Mr. Alexej ein paar hochwertige und sündhaft teure Kopfhörer. Nach ihrer Shoppingtour kehrten sie alle gemeinsam in eine Tapas-Bar an der Promenade ein, bestellten sich mehrere Gerichte und tranken eisgekühlte Sangria dazu. Salah und die anderen Jungs mussten selbstverständlich keinen einzigen Euro ausgeben.

Nach dem Essen legte die *Troja* wieder ab und setzte ihren Weg um die Insel fort. Den heißen Nachmittag verbrachten sie dösend in Hängematten und komfortablen Liegen. Ab und zu erfrischte man sich mit einem Köpfer ins glasklare Wasser. Der Alkohol und das reichhaltige Essen hatten die Besatzung erschöpft. Nun wurden die Kräfte für den Abend getankt. Auch Salah war schon fast eingeschlafen, als er von einer riesigen Pranke geweckt wurde, die ihm zart über den Körper streichelte. Er verstand. Im Schutze der dösigen Mittagsruhe zog Mr. Alexej ihn an der Hand nach vorne zum Schiffsbug und fixierte dort seine Arme und Beine an der Reling. Salah stand aufrecht gegen den Wind, der ihm salzige Wassertropfen auf den aufgeheizten Körper blies. Mit ausgestreckten Armen blieb ihm nichts anderes übrig, als die Berührungen des Russen wehrlos zu empfangen. Immer wieder streichelte dieser liebevoll Salahs Liebesmuskel vom Kopf bis zum Damm. Die ganze Erfahrung des Russen war in seine Hände übergegangen, mit denen er Salah erbarmungslos verwöhnte. Mit der Zeit wurde sein Griff bestimmter und die Handbewegungen energischer. Dabei zog er so gekonnt an Salahs Hoden, dass dieser sich schon bald für die finale Enthemmung aufbäumte. Mit tiefen Tönen stöhnte er über die aufschäumende See hinweg, während die Elemente Sonne, Wind und Meer seinen Körper küssten. Alle seine Muskeln waren steinhart angespannt; sein Mund völlig ausgetrocknet und die Fesseln um seine Gelenke drückten schmerzhaft auf der

Haut. Schließlich schossen mehrere kräftige Stöße schneeweißer Erleichterung aus ihm heraus, die der Wind weit über das salzige Meer mitnahm. Ein Gefühl wohliger Erlösung und absoluter Befriedigung stieg in ihm auf, während der Russe die Fesseln löste.

*

Ein tiefer Atemzug verscheuchte die in Watte gepackte Dunkelheit, in der Salah geruht hatte. Durch die geschlossenen, schwarz geschleierten Augenlider drangen die ersten gold-roten Strahlen der Abendsonne und kitzelten ihn in der Nase. Aus der Ferne hörte er aufgeregtes Möwengeschrei. Salah blinzelte schläfrig in den frühabendlichen Himmel, der mit hauchdünnen Wolkenstreifen durchzogen war. Er erhob sich aus der Hängematte und erwachte ebenso sanft wie er eingeschlafen war. Sein Körper war heiß. Die Sonne hatte erbarmungslos den ganzen Nachmittag auf ihn heruntergebrannt und seine Haut in dunkles braun gefärbt. Neben ihm, auf dem Boden, schlief Mr. Alexej auf einer Schaumstoffmatte, den Rücken mit einem tiefroten Sonnenbrand überzogen, der sich von seinen breiten Schultern bis hinunter zum Gummirand seiner knappen Badehose erstreckte.
Aus dem Wasser konnte Salah Stimmen vernehmen, die er Larioscha und Kusma, den beiden russischen Stricherjungen, zuordnete. Sie schwammen aufgeregt um eine Luftmatratze, auf der einer der Geschäftsmänner lag, und versuchten diese zu entern. Dem alten Russen glänzten die Augen vor Freude über die Ausgelassenheit der jungchen Burschen. Salah beobachtete, wie die beiden Jungs lautstark zum Angriff übergingen, indem sie an dem Mann zogen und gleichzeitig die Matratze an den Seiten in die Luft

stemmten. Mit heißerem Gelächter wehrte sich der Geschäftsmann, tunkte die schwimmenden Jungs unter Wasser und verteidigte voller Wonne sein schwimmendes Territorium. Larioscha und Kusma schienen keine besonders guten Schwimmer zu sein und keuchten sichtlich erschöpft. Die vielen missglückten Übernahmeversuche zehrten allmählich an ihrer Kondition, dennoch gaben die beiden Jungs nicht auf. Diesmal tauchten sie gemeinsam unter den Russen, um ihn von dort aus der Matratze zu hebeln, doch der hatte die Attacke mühelos abwehren können und lachte nur kehlig über ihren kläglichen Angriff. Ihr Unterfangen schien aussichtslos. Viel zu sicher thronte der mächtige Oligarch auf seiner Matte. Leises Wispern wehte über die ruhige See, als sich die beiden Jungs über ihre nächste Strategie beratschlagten. Salah beobachtete von der Yacht aus das kindlich-väterlich wirkende Spiel. Es erinnerte ihn an die schönen Sommertage mit seiner Familie, an denen sie alle gemeinsam zum Strand gegangen waren. Beladen mit Klapptischen und Campingstühlen, Luftmatratzen und Picknickkörben, hatte sich seine Familie immer unter den schattigen Pinien am Strand eingerichtet. Die Kinder spielten ausgelassen im Wasser, während die Erwachsenen sich von dem kleinen Radio berieseln ließen, Zeitschriften lasen, hartgekochte Eier, Feigen und Käse naschten und den gesamten Tag über erzählten. Oft hatte Salah mit seinen Brüdern um die Luftmatratze gekämpft, bis sie einmal sogar vor lauter toben riss. Er bekam Heimweh bei diesen schönen Erinnerungen und fragte sich zweifelnd, ob diese hier für Kusma und Larioscha ähnlich schön im Gedächtnis blieb. Von dem rotblonden Oligarchen wehte eine feine Wodkafahne hinüber. Er hatte sich auf den Rücken gedreht, die Arme hinter den Kopf gefaltet und beobachtete neugierig die schlanken Jungs, die sich gerade auf einen neuen Plan geeinigt hatten. Die Sonne hatte seine Haut unter dem goldenen Brusthaar krebsrot verbrannt, doch der Wodka schien die Schmerzen zu betäuben. Die Stricher starteten nun ihren erneuten Angriff und schwammen schnurgerade auf den alkoholisierten Mann zu, um sich gleich darauf links und rechts der Matratze zu positionieren. Beide zogen sanft, aber bestimmend, jeweils ein Bein des Mannes zu sich ins Wasser und begannen mit ihren Zärtlichkeiten. Salah lernte die Waffe der Stricher kennen. Der Russe lächelte nur feucht und empfing gierig die sanften Berührungen. Er wusste, was jetzt kam, würde ihm gefallen. Der Hügel seiner Badehose schwoll an. Vier junge Hände glitten über den Körper des Oligarchen, griffen an einigen Stellen beherzt zu, während sie an anderen sensibleren Zonen feinfühligere Liebeskünste anwendeten. Vorsichtig schlängelte sich Kusma nun auf die Matratze und über den krebsroten Körper des Mannes, der mittlerweile einen so seligen Geschichtsausdruck draufhatte, als könne er sein Glück nicht fassen, und verteilte warme Küsse. Hungrig konsumierte der Russe die Zärtlichkeiten der Jungs, während Kusma glitschig über den immer härter

gewordenen Hügel des Oligarchen rutschte, der nun drohte, den Stoff seiner Badehose zu sprengen. Die Matratze schaukelte bei diesem Akt so heftig, dass immer wieder Meerwasser die beiden ungleichen Leiber umspülte. Von entfesselndem Begehren gepackt griff sich der Russe nun zwischen die Beine und zog die viel zu eng gewordene Badehose bei Seite. Sein Schwanz poppte in die Luft und klatschte nass zwischen Kusmas blanken Pobacken hoch. Gerne hätte er sich nun bei dem jungen Stricher eingeführt, doch aus dem Wasser heraus nutzte Larioscha diesen unachtsamen Moment und gab den beiden Männern einen festen Stoß, so dass sie seitlich von der Matratze plumpsten. Larioscha nahm flink die Matratze ein und zog seinen Kumpel an der Hand zu sich hinauf. Die beiden Jungs streckten die Arme in den Abendhimmel und feierten ihren Triumph, während der Russe schimpfend davon schwamm.
Salah registrierte die Macht der Sexualität, mit der die zunächst unterlegenen Stricher die Kontrolle über die Situation übernommen hatten. Eine Lektion, von der er nicht wusste, dass er sie später einmal selbst anwenden würde. Bislang hatte Salah sich keine Gedanken um die anderen Lustknaben gemacht. Sie taten ihm noch nicht mal leid, obwohl er vermutete, dass sie aus der Not heraus ihre jungen Körper zum Verkauf anboten. Sie schienen trotz der großzügigen Bezahlung die Verlierer in der Geschäftsbeziehung zu sein. Sie kannten kaum Grenzen, hatten keine Selbstachtung und erfüllten den reichen Herren jeden noch so bizarren Wunsch. Salah

mochte nicht, wie würdelos sich die Milliardäre an den Jungs bedienten und er mochte noch weniger die Heuchelei der Stricher. Zwischen ihrem lasziven Kokettieren und ihrer vulgären Ausgelassenheit hatte Salah auch den Ekel in den Augen der Jungs aufblitzen sehen. Darin bestand der feine Unterschied zwischen ihm und den anderen Lustknaben. Das Abkommen, welches er und Mr. Alexej hatten, war nicht aus der Not heraus entstanden, sondern beruhte auf Neugier und echtem Interesse. Für Salah waren die Begegnungen mit dem Magnaten ein reizvolles Spiel, für das er sogar noch großzügig entlohnt wurde. Mr. Alexej behandelte ihn nicht nur respektvoll, er offenbarte ihm eine unvorstellbar fantastische Welt voll Luxus und Prunk, Macht und Dekadenz, zwielichtiger Milliardäre und Leidenschaften. Salah empfand es als großes Glück, dass der Russe ihn in dieses Wunderland eingeführt hatte. Er hatte Anselmos Worte beherzigt und die Chance genutzt, die sich ihm aufgetan hatte. Er fühlte sich kühner und freier als jemals zuvor. Für eine kleine Weile hatte er die engen Strukturen seiner Familie abgelegt und das Abenteuer erfahren. Unter den Oligarchen schien Mr. Alexej einen besonderen Respekt zu genießen. Seine äußere Sanftmut stützte sich auf ein sicheres Gerüst aus Macht und Autorität. Genauso waren auch seine Berührungen von zärtlicher Kontrolle, sanfter Härte und erbarmungsloser Hingabe. Salah fand das sehr anziehend an Mr. Alexej. Er wusste zwar, dass sich der mächtige Russe im geschäftlichen Sinne an ihm bediente, aber Salah zerging unter seinen Berührungen. Was der Magnat mit ihm anstellte, verlangte ihm eine enorme Ausdauer ab, doch nie zuvor hatte er derart intensive Leidenschaft erlebt. Allerdings hatte er bislang auch nicht besonders viele Erfahrungen sammeln können. Flor war seine erste und einzige Freundin. Als sie vor einem Jahr begonnen hatten miteinander zu schlafen, war das ein besonderer Moment gewesen. Angst hatte sich mit Aufregung gemischt, und Vertrauen zu einer Vereinigung geführt. Es war erregend Flors schönen Körper zu streicheln und ihr so nahe zu sein. Ihre Küsse und Berührungen waren liebevoll. Am schönsten fand er, dass sie im Liebesakt wortwörtlich zu einer Person verschmolzen. Der Orgasmus als Abschluss war schön, aber nicht von einer derart intensiven Befriedigung geprägt, wie Mr. Alexej sie ihm verschaffte.

Doch eines hatte Salah mit den anderen Strichern gemein: Er empfand nichts für Mr. Alexej und so war der Russe bereits aus seinen Gedanken verschwunden, sobald Salah seiner gewohnten Tätigkeit an der Poolbar nachging. Er empfand auch keinerlei Wehmut, wenn er daran dachte, dass der spendable Magnat schon bald wieder die Insel verließ. Sollte er sich ruhig mit den anderen jungen Männern auf seinen zukünftigen Reisen vergnügen. Salah war dankbar, dass er jenes Abenteuer mit dem Russen erleben durfte. Die Erinnerung an die feurigen Nächte und die zwielichtigen Begegnungen würde er noch lange im Geiste wiederbeleben. Dennoch würde er die aufregende Zeit als gutes Geheimnis hüten und sicher, tief unten in seiner Seele, aufbewahren. Einzig die teuren Geschenke würden noch eine Weile länger davon berichten.

Als die Sonne schon tief am Horizont stand, legte die *Troja* erneut an Land an. Sie befanden sich nun am nordwestlichen Ende der Insel. Vor ihnen lag ein kleiner Hafen mit mehreren Restaurants, deren Tische einladend an der Promenade aufgereiht waren. An Land herrschte reges Treiben. Emsige Kellner wirbelten um die zahlreichen Gäste, nahmen Bestellungen auf und trugen große Platten mit gegrilltem Fisch und Muscheln, sowie kühle Getränke hin und her. Aus den kleinen Bars kam fröhliche Musik und ein Gewirr aus Stimmen und klirrendem Geschirr belebte den jungen Abend. Verliebte Pärchen schlenderten Hand in Hand auf der Promenade entlang, vorbei an den zu Abend essenden Menschen. Hier und da hielten sie bei den afrikanischen Schmuckverkäuferinnen inne, die bunte Ketten und Lederschmuck anboten, oder studierten interessiert die Speisekarten der Restaurants. Das Städtchen wirkte wohlhabend. Die Gärten und Grünanlagen waren gepflegt und üppig mit mediterranen Gewächsen bepflanzt. Sogenannte *Azulejos*, also bunt bemalte Keramikfliesen mit kunstvollen Motiven, zierten die pompösen Eingänge der landestypischen *Casas*. In dem kleinen Hafen tummelten sich mehrere Segelboote und Yachten, um die dutzende Möwen aufgeregt ihre Kreise zogen. Die Anlegeplätze füllten sich kontinuierlich mit der hereinbrechenden Nacht. Die fünfköpfige Crew der *Troja* schlenderte hinter Mr. Alexej her, der zielstrebig auf eines der kleinen Restaurants zusteuerte, das so

weiß gestrichen war, dass es selbst neben den anderen
gepflegten Häusern hervor stach. An einer großen Tafel,
die mit ebenso reinen Tischtüchern bespannt war,
sprangen zwei auffallend gepflegte Herren auf und
streckten die Arme nach Mr. Alexej aus. Protzige
Armbanduhren blitzten unter ihren Hemdsärmeln
hervor. Sie begrüßten ihn auf Russisch, mit einer
Floskel, die sich für Salah phonetisch nach *Spri Jesdm!*
oder etwas dergleichen anhörte. Sie lachten laut und Mr.
Alexej klopfte den beiden Herren bei der Umarmung
feste auf den Rücken, was von einem dumpfen Ton
begleitet wurde. Der mächtige Magnat stellte die
Oligarchen einander vor. Kusma, Lariocha und Salah
wurden nicht vorgestellt, ebenso wenig wie die zwei
jungchen Typen, die sich mit den beiden Herren
zusammen erhoben hatten und nun etwas verloren
neben ihnen standen. Obwohl die Namen der Stricher
für die Geschäftsmänner nicht relevant waren, entging
Salah nicht, wie interessiert sie jedoch ihre jungen
Körper von allen Seiten musterten. Schweigend nahmen
Salah und die anderen Jungs Platz, während sich die
Russen derart sonor unterhielten und lachten, dass
bereits einige Gäste auf die ungewöhnliche Truppe
aufmerksam wurden. Gleich als sie saßen, bot man
ihnen Wein, Brot und Oliven, sowie eine Aioli-Paste an
und Salah vernahm wieder die bereits bekannte
Gastfreundlichkeit der Russen. Die Männer kamen
untereinander ins Gespräch und je mehr Wein über die
Tische ging, desto mehr interessierten sie sich für die

hübschen jungen Begleiter. Salah erfuhr, dass Jaroslaw und Michail seit vielen Jahren ein Paar waren. Jaroslaw war ungefähr in Mr. Alexejs Alter und schien sehr einflussreich zu sein. Er verfügte gleich über mehrere kulturelle Einrichtungen und genoss großen Respekt bei diversen Stadträten. Michail, den Salah gute zehn Jahre jünger als seinen Partner schätzte, war Kurator einiger Museen. Gleichzeitig probierte er sich im Modedesign aus, was wohl das schicke Auftreten der beiden Herren erklärte. Dennoch war da irgendwas in Michails Ausstrahlung, dass ihn von den anderen Oligarchen deutlich unterschied. Salah überkam der Gedanke, dass Michail möglicherweise selbst als käuflicher Junge angefangen hatte, der seinen gesellschaftlichen Aufstieg lediglich seinem treuen Mäzen zu verdanken hatte. Das russische Märchen *Vom Stricherjungen Zum Milliardär* eben, schmunzelte Salah in sich hinein.

Der Abend verlief sehr amüsant. Bis in die frühe Nacht hinein saßen sie gemeinsam an der Promenade, aßen und tranken, erzählten ausgelassen miteinander und lachten über die zahllosen Anekdoten von Jaroslaw, die er immer wieder aus einer schier unerschöpflichen Quelle hervorzauberte. Als die Kirchturmuhr bereits Mitternacht schlug und Salah schon etwas mit dem Rotwein zu kämpfen hatte, der schwer durch seine Adern floss, brachen die Gäste endlich auf. Überraschenderweise schlenderten sie nicht in Richtung der Anlegeplätze, wo die *Troja* friedlich schlummerte, sondern folgten Michail und Jaroslaw durch das belebte

Städtchen. Der Weg führte durch begrünte Fußgängerzonen mit unzähligen aneinandergereihten Bars, vor denen jede Menge Touristen rauchend und trinkend und wild durcheinander plaudernd die junge Nacht begrüßten. Salah trottete benommen und gleichmütig hinterher. Er erwartete, dass sie in einer der Bars einkehrten, doch Jaroslaw lotste die Gruppe an dem Stadttrubel vorbei, führte sie weiter durch kleine Gassen bergauf und passierte die alte Kirche, bis sie sich letztendlich am höchsten Punkt des Städtchens in einer Pinien gesäumten Straße wiederfanden. Prachtvolle Villen reihten sich den Berghang hinauf und thronten über ein schroffes Gefälle, dessen zerklüftete Felsgesteine schließlich im Meer ausliefen. Als sie in eine der pompösen Villen eintraten, war Salah zu betrunken, um über die gepflegten Wohnräume und das prächtige Mobiliar zu staunen. Ihm blieb ohnehin nicht viel Zeit dazu. Rasch wurde die Gruppe durch die geräumige Villa geschleust, bis sie sich schließlich alle in einem riesigen Gewölbe einfanden, das als zusätzlicher Raum in den Berg hineingehauen war. Steinerne Bogengänge und in die Felswände eingekerbte Ornamente erinnerten an ein antikes arabisches Bad. Schwülfeuchte Luft füllte den stark aufgeheizten Raum. Das schummrige Licht tauchte das Gewölbe in einen matten Kupferton. Aus dem Berg lief dampfendes Wasser in ein geräumiges Sitzbad, aus dem es leise gluckerte. Auch der Duschkopf, der aus der Wand ragte, und die antiken Krüge, welche mit herrlich duftenden ätherischen Ölen gefüllt waren, bestätigten Salahs ersten Eindruck eines arabischen Bads. Darüber hinaus luden prunkvolle Ottomanen und eine lederne Massageliege zum Entspannen ein. Das Gewölbe unterschied sich jedoch in einigen Punkten von den üblichen Spa-Einrichtungen, die Salah kannte. So wurden auf einer der Wände beispielsweise pornographische Filme in Lebensgröße projiziert, in denen athletische Männer und schlanke Burschen in Endlosschleife stöhnten. An den rustikalen Bruchsteinsäulen der Bogengänge waren mannshohe Bilder mit schweren Eisenbeschlägen eingehauen worden, auf denen nackte Kerle abgelichtet waren. Einige der Fotografien fingen Hardcoreszenen ein, in denen wild gebumst wurde. Andere Aufnahmen zeigten kunstvollen Akt, jedoch immer verrucht. So lächelte aus einer schwarz-weißen Porträtaufnahme beispielsweise ein hübscher Mann in die Runde, dessen Gesicht komplett mit Sperma überzogen war. Außerdem standen hier und da mittelalterliche Folterwerkzeuge herum. Hauptsächlich Gerätschaften, die dazu dienten, jemanden zu fixieren, darunter ein mannshohes Wagenrad, eine Streckbank oder ein Folterstock. Von der Decke baumelte eine dieser ledrigen Hängematten, deren Zweckdienlichkeit Salah bereits auf den Fotografien entdeckt hatte. Seile und Ketten hingen an den Wänden. Lederhandschuhe, Gummischwänze und Krüge mit Gleitölen standen aufgereiht bereit. In einer Ecke befand sich sogar eine Art Ringkampfarena, die

einen Fuß breit in den Boden eingelassen und mit warmem Öl befüllt war. Das gesamte Gewölbe war Sandstein, Treibholz, Gusseisen und Sex.
Jaroslaw führte die Gruppe zu einer kleinen Bar, wo er den Geschäftsmännern teuren Cognac in bauchigen Gläsern reichte, während Michail Champagner an die jungen Stricher verteilte. Man prostete sich kurz zu und lachte, aber es dauerte nicht lange bis die Herren ihre eigentlichen Absichten deutlich machten. Es brauchte nur eine kleine Geste Jaroslaws und schon näherten sich die jungen Stricher ihren Mäzenen mit hofierenden Animationen. Auch Mr. Alexej hatte sein Shirt ausgezogen und prostete Salah mit einem vielsagenden Blick zu, der ihm signalisierte, dass seine Dienste gefordert wurden. Salah war noch immer etwas müde vom Rotwein und hätte sich lieber etwas ausgeruht, doch der Anblick des hünenhaften Magnaten, der ungeschickt versuchte das feingliedrige Cognacglas mit spitzen Fingern seiner bärigen Pranken zu halten, hatte etwas so Entwaffnendes, dass es Salah wohlig im Bauch kribbelte. Er schmunzelte bei dem Anblick. Die beiden Männer sahen sich lange in die Augen und lächelten einander an. Mr. Alexej knöpfte ihm nun das Hemd auf und strich ihm liebevoll über den Bauch. Salah wunderte sich aufs Neue, dass ein Mann, von solch grob maskuliner Statur, derart zärtlich sein konnte und schmiegte sich eng an den starken Russen an. Er versank in der bärigen Umarmung des Magnaten, spürte dessen warmen muskelharten Körper und die dichte

Behaarung, die nun seine Haut kitzelte. Eine harte Beule drückte sich deutlich gegen seine Lenden. Er hätte noch stundenlang in der sicheren Umarmung verharren und sich an der bulligen Stärke des Russen laben können, doch der erhob sich nun und trug Salah quer durch das Gewölbe zu einem Podest. Dort angekommen zog er ihm die letzten Kleidungsstücke aus und betrachtete Salahs frischen Körper. Er war wunderschön. Unter weichen Küssen an Hals und Schultern, hob er Salahs linken Arm in die Höhe und fixierte diesen an einem breiten Holzbalken, der an zwei stählernen Ketten direkt über ihren Köpfen schwebte und offensichtlich genau zu diesem Zweck dort angebracht worden war. Dasselbe wiederholte Mr. Alexej nun auch auf der rechten Seite, so dass Salahs Arme stramm an den Balken fixiert waren und er sich kaum noch bewegen konnte. Die Fesseln rieben rau auf seiner weichen Haut und drückten unangenehm auf Muskeln und Gelenke. Er gab jedoch keine Widerworte und verfolgte neugierig Mr. Alexejs weitere Handlungen. Dieser kniete nun vor dem Jungen und küsste ihm den Bauch hinab. Dabei streichelten seine Hände mit maskuliner Zärtlichkeit über Salahs Rücken, hinunter zu den weichen Pobacken. Salah zitterte ergeben, während der Hüne ihm seine Beine nacheinander an zwei schwere, in den Boden gelassene Eisenringe fesselte, so dass sich Salah nun mit gespreizten Beinen und ausgestreckten Armen in einer nahezu handlungsunfähigen Position befand. Der Russe entkleidete sich auch seinerseits und betrachtete dabei zufrieden sein Werk. Langsam und gefährlich bewegte sich seine kräftige riesenhafte Gestalt auf Salah zu. Aus den Untiefen ihrer Gelüste brachen nun rauschhafte, elementare Sehnsüchte aus: Wollust und Gier, Hingabe und Macht, Hilflosigkeit und Fürsorge, Bereitwilligkeit und Dominanz.

Der mächtige Russe umarmte Salah fest von hinten und vergrub den Kopf in dessen Halsbeuge. Salah schloss die Augen, um all die wundervollen Empfindungen noch intensiver aufzunehmen. Ihre Leiber reagierten heftig aufeinander. Überall wo der Magnat ihn berührte durchzuckten elektrisierende Impulse seine Haut und hinterließen Lavaströme. Mr. Alexejs harter Muskel war dabei zwischen Salahs Beine gerutscht. Die leidenschaftlichen Bewegungen des Russen drückten dabei so stark gegen Salahs Damm, dass dieser immer wieder, durch Mr. Alexejs purer Kraft seiner Lenden, in die Höhe gestemmt wurde. Ein angenehmes Gefühl überrollte Salah dabei. Der erhöhte Druck, direkt hinter den Hoden, entfachte das starke Verlangen den mächtigen Russen in sich zu spüren. Doch darauf würde er noch warten müssen. Mr. Alexej liebkoste zunächst ausgiebig Salahs schwitzenden Leib mit einer perfiden Ausdauer rauf und runter. Unter sanftem Druck massierte er fordernd Salahs Hoden und Penis mit fester und warmer Intensität. Bei all diesen intensiven Berührungen sickerten schwere Lusttropfen heraus, die Mr. Alexej sogleich behutsam über Salahs zuckendem Muskel verrieb. Auch der Russe war von seiner leidenschaftlichen Fürsorge so erregt, dass er ganz feucht wurde. Mehrmals klopfte sein Gemächt glitschig gegen Salahs Rosette. Das schöne Gefühl und der permanente leichte Druck auf den Po öffneten allmählich den Eingang, so dass das harte Glied des Russen schon bald ein Stück weit passieren konnte. Salah stand schon jetzt kurz vor dem Orgasmus, doch die Stimulationen des Russen waren derart ausgewählt, dass er die Erregung des Jungen noch zu steigern wusste, ohne diesen vorzeitig durch eine Ejakulation zu erlösen. Salah wünschte sich nun den bärigen Magnaten in sich zu spüren, während er sich gleichzeitig das befreiende Ende der Tortur herbeisehnte. Die intensive Überstimulation schmerzte ihn in den Genitalien und zog unangenehm durch den Bauch. Gleichzeitig entfachte sie eine nie dagewesene, rauschhafte Hormonexplosion in seinem Kopf. Über Stunden steigerte Mr. Alexej die Empfindungen des Jungen und stimulierte ihn kontinuierlich mit dem gesamten Ideenreichtum seiner sexuellen Erfahrung einem Hyperorgasmus entgegen. Salah wand sich vor Erregung keuchend und stöhnend in den Ketten. Lusttropfen kämpften sich ihren Weg in die Freiheit, Schweiß bildete sich auf seiner Haut und rann in kleinen Rinnsalen zwischen den Muskeln hinab. Sein Herz schlug laut und aufgeregt. Doch das alles nahm Salah schon nicht mehr bewusst war. Er war nur noch eine Blase aus Feuerwerk und Strom. Alles löste sich auf in Ekstase. Und gerade als er dachte Mr. Alexej hätte

endlich Erbarmen mit ihm, hielt dieser erneut für eine
Weile inne.
Allmählich kam er wieder zu sich. Er atmete schwer, als
er die Augen langsam öffnete. Alles tat ihm weh.
Besonders die Hoden und sein Penis. Er bettelte Mr.
Alexej an, ihn endlich zu erlösen, aber der nahm sich
weiterhin viel Zeit für den Jungen und streichelte ihm
liebevoll den Kopf. Salahs Blick klärte sich zunehmend.
Die Schemenhaften Formen und Farben um ihn herum
nahmen sukzessive Gestalt an und schließlich kehrte der
gesamte Gewölbekeller aus dem Nebel des Leidens und
der Ekstase, welche so nah beisammen lagen, zurück.
Mr. Alexej bemerkte, dass Salah am Ende seiner Kräfte
angelangt war und tränkte ihn fürsorglich mit einer
Karaffe voll Wasser und gab ihm eine ganze Weile Zeit
sich zu erholen. Die Fixierungen um seine Hand- und
Fußgelenke löste er jedoch nicht. Salahs Ruhephase war
wenig hilfreich. Er war noch immer erregt. Sein Penis
schwoll in der gesamten Zeit nicht ab und reckte sich
weiter hart in die Waagerechte. In dem Gewölbe bekam
er keine Gelegenheit sich zu beruhigen, denn die
Atmosphäre war voll von Sex. Die Oligarchen trieben
es wie die Kaninchen mit den tabulosen Lustknaben.
Rings herum wurde gestöhnt und geschnauft. Zarte
junge Körper schmiegten sich an erfahrene
Manneskraft, und maskuline Dominanz tobte sich rau an
belastbaren jungen Männern aus. In der stickigen Hitze
lag der Geruch von Schweiß und Aftershave. Die
ungleichen Gespanne vereinigten sich überall. Sie

penetrierten sich im Stehen an den Bruchsteinwänden und zogen sich dabei Schrammen und Schürfungen zu. Sie rangelten im Ölfeld, rutschten übereinander her und drangen glitschig ineinander ein. Sie lagen auf den Ruheliegen und ritten sich wild und ungestüm in den Himmel. Und sie trieben es hemmungslos unter der Dusche. Feingliedrige Finger krallten sich in feste Muskeln; starke Kiefer bissen sich animalisch an jungem Fleisch fest; beharrliche Umarmungen drückten kopulierende Leiber nahtlos aneinander. Egal wo Salah hinsah: Sex sprang ihm unausweichlich entgegen. Selbst wenn er die Augen schloss, konnte er ihm nicht entfliehen. Überall keuchten sich heiße Stimmen intime Wünsche und anstößige Worte zu. Nacktes Fleisch klatschte kraftvoll aufeinander. Auch aus den Lautsprechern ertönte permanent das lustvolle Keuchen der pornographischen Akteure. Ihrer heftigen Stoßatmung und dem tiefen Tönen, die gepresst über die Kehlen rollten, konnte Salah einen Orgasmus nach dem anderen entnehmen. Es war eine Qual zu hören, wie sich nach und nach alle um ihn herum ergossen. Er selbst konnte schon lange nicht mehr. Wann würde Mr. Alexej ihm endlich die Erleichterung gewähren, die er sich nun mehr als alles andere ersehnte? Über Stunden hatte er ihn nun stimuliert. Salah brodelte so sehr, dass beinahe jede Berührung eine heftige Explosion herbeiführen konnte und dennoch wusste der Magnat genau, wann es Zeit war die Zärtlichkeiten einzustellen.

Salah weinte vor Leid und Erschöpfung und flehte den Russen mit letzter Kraft an, ihn endlich zu befreien.

Inzwischen war es Morgen geworden. Um Salah herum wurde es ruhig. Die Milliardäre waren befriedigt. Die Stricher hatten ihre Arbeit hervorragend gemacht und waren auch ihrerseits ausgelaugt. Den rüstigen Oligarchen hatte es nicht an Ausdauer gefehlt. Nur Salah hang noch in den Seilen und rang um Luft. Mr. Alexej war anscheinend endlich am Ziel seines zermürbenden Spiels angekommen. Seine Berührungen waren heftiger geworden. Sein Schwanz war noch nicht vollends in den Jungen eingedrungen, aber Salahs Poöffnung begnügte sich schon längst nicht mehr nur mit der Penisspitze. Mr. Alexej bearbeitete Salahs aufgeblähten Schwanz mit einer flinken Handbewegung. Gleichzeitig zog er seinen Schwanz immer wieder aus Salahs Po, um ihn gleich darauf wieder in der warmen Höhle zu versenken. Bei jedem Stoß öffnete er den Jungen ein wenig mehr und schob sich noch tiefer hinein. Die beiden Männer stöhnten kehlig und ihre wollüstigen Seufzer dröhnten sonor durch den Raum. Die anderen Gäste hatten sich nach und nach vor dem Podest versammelt und beobachteten nun gebannt den orgiastischen Akt. Salah kämpfte. Sein hypersensitiver Körper schmerzte vor Wonne und Leid. Sein Schwanz war so hart und prall aus den Lenden geschoben, dass nun sogar die Hoden unnatürlich weit vom Körper abstanden. Man hatte den Eindruck er müsse jeden Moment explodieren. Und als Mr. Alexej sich endlich vollständig in den Jungen geschoben hatte, spratzte die gesammelte Lust aus sechs Stunden Tortur aus Salah heraus. Er ergoss sich in gewaltigen, nicht enden wollenden Schüben auf die gesamte Zuschauerschar. Noch nie zuvor hatte er eine solche Erschöpfung gespürt. Als man ihn losband brach er kraftlos zusammen. Mr. Alexej trug ihn zu einer der Ottomanen, wo Salah binnen weniger Sekunden einschlief.

*

Der größte Schwanz

Nach dem Ausflug auf Mr. Alexejs Yacht erkrankte Salah. Ganze vier Tage war er nicht aus dem Bett gekommen. Sein Körper war ausgelaugt und all seine Glieder schmerzten fürchterlich. Der Arzt diagnostizierte einen grippalen Gliederinfekt, doch Salah ahnte, dass kein Virus für seinem erbärmlichen Zustand verantwortlich war. Die sechsstündige Tortur im Gewölbekeller hatte seinen jungen Körper vollends ausgezehrt und selbst vier Nächte schlafen halfen nicht, sich davon zu regenerieren. Der Magnat ließ noch ein paar Mal nach ihm rufen, aber Salah beantwortete die Anfragen nicht und ging dem reichen Russen bis zum Tag seiner Abreise aus dem Weg. Er war dankbar ihm nicht mehr zu begegnen. Für das Wochenende auf der *Troja* hatte ihm der Russe ein Kuvert mit einem großzügigen Batzen Geld zukommen lassen. Ein kleiner Brief mit Dankesworten für die schöne Zeit mit Salah war beigelegt. Salah zerriss Mr. Alexejs Abschiedsbrief. Er mochte den Russen und die Erinnerung an ihre letzte gemeinsame Nacht einfach nur noch eliminieren. Die Stunden bei Mr. Alexej waren bis dahin abenteuerliche, sinnliche Vereinigungen gewesen, nach denen Salah würdevoll in sein gewöhnliches Leben als Servicekraft zurückkehren konnte. Obwohl er für ihre erotischen Zusammenkünfte von dem Russen immer entlohnt worden war, hatte er die Bezahlung als nebensächlich betrachtet. Ihre intime Zweisamkeit und die prickelnden Erfahrungen waren kostbarer als alle Entlohnung. Doch in jener Nacht war der dominante Magnat eiskalt über Salahs Tränen hinweg gegangen und hatte ihn einer Belastung ausgesetzt, für die sein unerfahrener Körper nicht reif genug war. Über mehrere Stunden hatte er ihn gequält, um seine eigenen sadistischen Fantasien an ihm auszuleben. Mit dieser harten Prozedur hatte er Salah so lange geschunden, dass dieser noch immer an den Folgen litt. Das dicke Kuvert mit dem Geld kratzte nun zusätzlich an Salahs Würde. Damit sollte der Missbrauch wohl abgegolten sein, doch kein Geld der Welt hätte Salahs Narben verblassen lassen können. Das wirklich Traurige war, dass er ein wohliges Vertrauen zu Mr. Alexej aufgebaut hatte. Der Russe hatte ihm stets ein intimes Gefühl der Zuneigung und Geborgenheit vermittelt, war sogar eine Art Patron geworden, der ihn vor den gierigen Händen der reichen Oligarchen beschützte. Von jener kostbaren Erhabenheit war nichts mehr übriggeblieben. Mr. Alexej hatte noch in derselben Nacht alles Vertrauen mit seinem quälenden Spiel zerschmettert. Die Uneindeutigkeit der Schandtat des Russen verwirrte zusätzlich. Im Prinzip hatte der Magnat ihn mit der auszehrenden Tortur vergewaltigt, denn kein Flehen und Bitten hatten seinen sadistischen Peiniger zum Stopp bewegen können. Selbst seine Tränen versickerten, ohne den Russen zu erweichen. Doch trotz aller Qual, hatte Mr. Alexej ihm einen solch

unvergleichbar intensiven Orgasmus beschert, dass
Salah nur schwer von einer Vergewaltigung sprechen
mochte. Hatte es sich dafür nicht viel zu betörend
angefühlt?
Jene schicksalshafte Nacht veränderte Salah auf
vielschichtige Weise. Er fühlte sich seither permanent
leer und ausgebrannt und war gleichzeitig in einer diffus
ruhelosen Verfassung, die er nicht ablegen konnte. Er
fing an zu rauchen, was ihn tatsächlich einige Tage
auffing, doch schon bald verstärkte sich seine Unruhe
erneut. Gleichzeitig spürte er einen deutlichen Verlust
von Zwischenmenschlichkeit. So empfand er weder
Sympathie für die freundlichen Rentner, die ihn so
gerne in einen netten Plausch verwickelten, noch konnte
er sich über die üppigen Trinkgelder der ständig
wechselnden Familien freuen, die ihm bei der Abreise
Geldscheine für seine freundlichen Dienste zusteckten.
Selbst auf die Neckereien seiner Crew von der Bar, mit
der er früher nachts bei *Diegos BBQ Grill* eingekehrt
war, reagierte er abwesend und gedämpft. Er wurde
schweigsam und still. Unterhaltungen wurden auf das
notwendigste reduziert und hatten stets einen freudlosen
Charakter. Bald zog er sich vollständig zurück, sobald
seine Schichten beendet waren. Nichts war mehr wie
früher. Zum einen war er unheimlich beschämt darüber,
dass er sich hatte benutzen lassen. Er fühlte sich
beschmutzt und so durfte ihn um Himmels Willen
niemand sehen. Zum anderen hatte er eine unheimliche
Angst davor, dass er einen erneuten Missbrauch wieder

zu spät bemerkte. Er wurde paranoid misstrauisch. Begegnete ihm jemand freundlich, meinte Salah dahinter nun schädlich egoistische Absichten zu erkennen. Im Geiste enttarnte er sein Umfeld als eine Gesellschaft von Lügnern und Vergewaltigern, vor denen er sich schützen musste. Wer wusste schon, was sie alle mit ihm im Schilde führten?
Andererseits hinterließ Mr. Alexejs Tortur der stundenlangen Überreizung und dem am frühen Morgen folgendem Hyperorgasmus auch bei Salahs Libido heimtückische Spuren. Seine Triebe waren seit jener Nacht ebenso tosend, wie sein ruheloses Gemüt. Sie peitschten und rebellierten und verlangten nach ständiger Befriedigung. Wann immer er konnte, schaffte er sich Erleichterung und masturbierte. Doch so sehr er sich auch bemühte dabei nicht an Mr. Alexej zu denken, schlich sich diese eine Nacht immer wieder in seine Fantasie. Diese letzte Minute als der mächtige Russe endlich vollständig in ihn eingedrungen und sein steinharter Schwanz komplett in Salahs Höhle verschwunden war. Exakt diese Szene belebte er nun immer wieder. Wenn er dann schließlich seinen Erguss vom Körper wischte, überfiel ihn daraufhin tiefste Verwirrtheit. Warum musste er die Szenerie in seiner Fantasie ständig wiederbeleben? Warum hätte er den Magnaten am liebsten aus seiner Erinnerung gelöscht und brauchte ihn gleichzeitig zwingend für seine Befriedigung? Salah schwor jedes Mal den Russen endgültig aus seinen Gedanken zu verbannen, doch

bereits wenige Stunden später wischte er sich erneut Sperma von der Brust und stellte sich die gleichen Fragen. Schließlich kam er zu dem Entschluss, dass die Penetration die Erklärung dafür sein musste. Abgesehen von der kurzen Episode mit Anselmo, war Mr. Alexej nicht nur der einzige Mann, mit dem Salah intim gewesen war, er war darüber hinaus auch der einzige Mann, mit dem er Analverkehr erfahren hatte. Zum ersten Mal hatte er einen Orgasmus gleichzeitig sowohl von innen als auch von außen erlebt. Es hatte also gar nichts mit Mr. Alexej zu tun, sondern mit der Einmaligkeit der Situation, kam ihm der Gedanke. Mit dieser Erläuterung beschämten ihn seine Fantasien nun ein bisschen weniger. Als sich Mr. Alexej jedoch nach geraumer Zeit immer noch hartnäckig darin hielt, reagierte Salah zunehmend verunsichert. Er sehnte sich nach zu Hause, nach Flor und nach der Zeit, als er noch nicht in diesem verdammten Hotel gearbeitet hatte. Wenn er doch nur wieder zu diesem unbescholtenen Jungen von einst werden könnte, wünschte er sich. Dafür hätte er auf die Erfahrungen verzichtet, die er im *Eden* gemacht hatte. Na ja, außer vielleicht die schöne Zeit mit Anselmo. Das waren schon besondere Momente, die er mit ihm geteilt hatte und es waren schöne Erinnerungen. Er spürte, dass er an Anselmos Seite gereift war und sich ein Stück seiner Lebensfreude und Freiheit abgeschaut hatte. Anselmo war definitiv eine der guten Erfahrungen, kam Salah zum Entschluss. Schade, dass er nicht mehr hier war. Er hätte nun gerne mehr Zeit mit ihm verbracht. Vielleicht hätte er auch Analverkehr mit ihm gewagt. Komisch, dass er genau jetzt an ihn dachte und sich wünschte er wäre noch sein Kollege an der Bar. Immerhin hatte er noch vor kurzer Zeit mit Flor telefoniert und ihr beteuert, wie sehr er sie vermisse und wie sehr er sich wünsche endlich wieder bei ihr sein zu können. Da war das Sperma auf seinem Rumpf noch nicht mal vollständig getrocknet gewesen und der grobe Schatten des Russen noch immer durch seinen Kopf gehuscht. Auch bei den Gedanken an Mr. Alexej kam ein wenig Wehmut auf. Offen gestanden, bedauerte er ihre gemeinsame Zeit nicht. Er hatte wunderschöne Nächte mit dem Russen verbracht und dabei erstaunliche Gefühle erfahren. Er wusste um ihre Einzigartigkeit. Nie zuvor hatte er sich derart frei und kostbar erlebt und vermutlich würde er es auch niemals mehr. Jetzt hasste er den Russen, der ihn in einer einzigen Nacht für immer entwürdigt und ihm gleichzeitig den ultimativsten Orgasmus geschenkt hatte, welchen er nun nicht mehr vergessen konnte. Sein Penis reagierte sofort bei der Erinnerung daran. Oh, Mann. Salah wusste, er musste die Zeit im *Eden* nutzen, um noch einmal mit einem Mann den analen Orgasmus zu erleben. Dazu würde er sich den größten Schwanz suchen, den er finden konnte. Er würde dadurch eine noch intensivere, noch ekstatischere Erfahrung machen und damit Mr. Alexej endgültig aus seinen Fantasien verbannen. Er würde mit der Macht seiner Sexualität die Kontrolle über die Situation beibehalten und das

Ausgeliefertsein, das er im Gewölbe verspürt hatte, umkehren. Er sah darin die einzige Möglichkeit die Schandtat des Russen auszuradieren und mit einer neueren, schöneren Fantasie zu überzeichnen. Danach würde er wieder Frieden spüren, konnte zurück zu Flor und endlich wieder ein ganz normaler junger Mann sein. *Lügner!* schoss es ihm durch den Kopf, doch er ignorierte den Gedanken. Er hatte endlich einen Plan und dieser Plan entfachte in ihm neue Lebensenergie. Das war gut, entschied Salah.

*

In den nächsten Wochen verwandelte sich Salah in ein hungriges Raubtier. Seine Sinne waren geschärft und sein Körper hungerte nach Frieden. Für seine Streifzüge nutzte er seine Schichten an der Poolbar, wo die Hotelgäste sich reihum das Schwimmbecken in knapper Badebekleidung sonnten. Hier sondierte er aufmerksam die Badehosen der Männer und lauerte ihnen auf.
Obwohl das *Eden* hauptsächlich ein Familienhotel war, fanden sich unter den Gästen immer wieder auch Single-Männer und schwule Pärchen ein, die ihm eindeutige Avancen machten. So dauerte es nicht lange, bis ein junges Männerpaar auf ihn aufmerksam wurde und ihn bei seiner Abendschicht an der Hotelbar aufsuchte. Sie waren die letzten Gäste und hatten sich kurz vor Feierabend noch zwei bunte Cocktails zubereiten lassen, die Salah ihnen brachte. Nach einem kurzen Blickaustausch setzten sich die beiden Jungs zu Salah an den Tresen und verwickelten ihn in ein unterhaltsames Gespräch. Salah fand heraus, dass sie aus Schweden stammten und seit drei Jahren ein Paar waren. Sie hatten gerade ihr Studium beendet und reisten nun quer durch Europa, bevor sie im Herbst ihre Arbeitsstelle antraten. Sie verbrächten nur wenige Tage im *Eden,* ehe sie auf die griechischen Inseln weiterzögen, erzählten sie ihm. Obwohl sie sehr innig miteinander schienen, berichteten sie von einigen Eskapaden mit anderen Männern, die sie auf ihrer Reise

bereits kennengelernt hatten. Salah war dieses Beziehungsmodell völlig neu, doch er fand ihre unkonventionelle Art gut. Die beiden Jungs äußerten eindeutiges Interesse an ihm, fragten wann er Feierabend habe und ob er nach der Schicht noch mit zu ihnen rauf käme. Sie hätten noch Gin auf dem Zimmer, mit dem man sich doch zusammen auf dem Balkon betrinken könne. Das Angebot war nicht uninteressant für Salah. Seine Libido drängte ihn mit den beiden blonden Burschen mitzugehen. Die Bedingungen schienen ebenfalls gut, denn bald schon würden die Schweden wieder abreisen, was die Sache unkompliziert machte. Außerdem waren die Jungs sympathisch und sahen noch dazu gut aus. Doch all das war nebensächlich für ihn. Das einzige Kriterium, das sie zu erfüllen hatten, konnte er aktuell nicht prüfen. Daher ließ er das Angebot offen. Als er am nächsten Tag an der Poolbar einen Blick auf ihre knappen Badehöschen werfen konnte, wusste er allerdings, dass die beiden hübschen Schweden die Fantasien mit Mr. Alexej nicht verdrängen würden.

*

Salah hielt weiter Ausschau nach der perfekten Gelegenheit. Doch alle Männer, die an ihm interessiert waren, waren für seine Mission nicht ausreichend ausgestattet. Er war davon überzeugt, dass sich Mr. Alexej nur durch einen überdimensional großen Schwanz aus seinen Fantasien verbannen ließ. Schließlich ging es hier nicht um banale Triebbefriedigung, dafür würde er sich nicht noch einmal hergeben und Flor betrügen. Es ging um nicht weniger als um sein Leben. Dies war die einzig akzeptable Rechtfertigung für sein Handeln, daher durfte er keine Kompromisse eingehen.

Die Zeit im *Eden* verstrich, ehe Salah schließlich drei Favoriten gefunden hatte, die für seine Mission in Frage kamen. Zum einen gab es da Mauro. Er war Italiener und gehörte zu dem sechsköpfigen Animationspersonal des Hotels, das aus jeweils drei Jungs und drei Mädchen bestand. Natürlich war es dem gesamten Personal untersagt Intimitäten mit den Gästen einzugehen. Wer diese Regel missachtete, wurde vom Management kurzerhand ersetzt. Dennoch war es manches Mal gar nicht so leicht, die Avancen der Urlauber abzuwehren. Legten es doch einige Gäste geradewegs auf ein Abenteuer mit dem Dienstpersonal an. Selbst die verheirateten benahmen sich in der Anonymität des *Eden* den Angestellten gegenüber sehr aufgeschlossen, manchmal fast sogar schon übergriffig. In den Ferien schien man sich eben zu gönnen, was man sich unterm Jahr untersagte. Die Animateure begrüßten die Aufgeschlossenheit der Urlauber hingegen sehr. Unter den drei Männern lief sogar ein Wettstreit, wer zum Ende der Saison die meisten Stiche gelandet hatte. Es kursierten einige pikante Gerüchte darüber. Unter anderem auch, dass Mauro aktuell nicht nur die Liste anführte, sondern der athletische Italiener noch dazu überdurchschnittlich gut bestückt war. Die pralle Beule in seiner Hose war Salah zumindest schon mehrfach aufgefallen, beispielsweise bei den abendlichen Darbietungen der Jungs, die zur Belustigung der Gäste auch schon mal in Badeanzüge schlüpften. Mauro war für Salahs Mission jedenfalls ausreichend ausgestattet, soviel stand fest. Zufällig konnte er sich davon sogar eines Nachts selbst überzeugen.

    Es war mal wieder eine dieser unruhigen Nächte gewesen, an denen Salah kein Auge zu machen konnte. Er hatte sich schon mehrere Stunden im Bett hin und her gewälzt, aber war einfach nicht müde geworden. Zudem war die Nacht recht heiß gewesen und die Mosquitos besonders aktiv. Wie immer, wenn er keinen Schlaf finden konnte, nutzte er die Zeit für einen nächtlichen Spaziergang. So manches Mal hatte ihm das geholfen die Gedanken zu ordnen. Seine Lieblingsstrecke war ein schmaler Pfad, der vom Strand den Berg hinaufführte. Er passierte einige Ferienhäuser, die terrassenförmig den Hang hinauf gebaut und von duftenden Pinienwäldern umgeben waren. Es handelte sich dabei meist um schicke Villen, die überwiegend leer standen. Um Salah herum wurde es stiller. Lediglich die Grillen begleiteten ihn mit ihrer Musik auf seinem Weg die gewundene Straße hinauf. Ein paar nachtaktive Vögel waren ebenfalls in der Ferne zu hören. Nach einer Weile erreichte er die Aussichtsplattform, die auf einem Felsvorsprung erbaut war und über dem offenen Meer thronte. Hier gab es nur Weite, Ruhe und den unendlichen Horizont. Vor ihm breitete sich die Badebucht des Ferienortes aus. Am Firmament funkelte die Milchstraße. Auf den Masten der Segelboote schaukelten kleine Laternen und die beschienenen Fassaden der Hotels leuchteten warm vom Land herüber. Salah kletterte auf einen runden zwei Mann hohen Felsen und drehte sich eine Zigarette. Er lauschte der Brandung, ließ sich zurücksinken und starrte in den Himmel. Herrlich! Für eine ganze Weile war nichts außer den Geräuschen der Nacht zu hören, bis schließlich albernes Mädchengelächter die Stille durchbrach. Eine männliche Stimme kam hinzu und er bemerkte, dass sie sich näherten. Salah war schon kurz davor seinen Platz auf dem Felsen zu räumen und den Rückzug anzutreten, als er schließlich die Stimme von Mauro erkannte. Einem anschleichenden Indianer gleich, rollte er sich auf den Bauch und versteckte sich im Schatten eines Ginsterbuschs. Mauro und das junge Mädchen, das er als eines der englischen Gäste aus dem

Hotel erkannte, hatten ihn nicht bemerkt. Sie nahmen auf einer der Holzbänke unter ihm Platz und starrten in den Mond. Es dauerte nicht lange, bis Mauro seinen Arm um das junge Ding gelegt hatte und ihr einen langen Kuss schenkte. Eine Berührung ergab die andere und schließlich hatte die junge Engländerin ihre Bluse aufgeknöpft und war auf Mauros Schoß gerückt. Ihren übermütigen und teilweise recht unkoordinierten Bewegungen entnahm Salah, dass das Mädchen betrunken war. Mit einem albernen Gieken und Glucksen zog sie Mauro das T-Shirt über den Kopf und öffnete die Knöpfe seiner Jeans. Salah wurde nun sehr aufmerksam. Die junge Engländerin bekam große Augen, als sie seinen langen Penis aus der engen Hose befreit hatte und auch Salah registrierte beglückt, dass die Gerüchte um Mauros Gemächt kein Mythos waren. Er qualifizierte sich damit als ernstzunehmender Kandidat für Salahs Mission. Salah zog sich zurück und ließ die beiden allein. Er hatte gesehen, was er sehen wollte.

In den nächsten Tagen suchte er eine Möglichkeit Mauro näher zu kommen. Aber weder seine sehnsüchtigen Blicke noch die eindeutigen Signale, die er dem hübschen Italiener schenkte, waren von Mauro beantwortet worden. Schließlich hatten zwei hilflose Versuche der Annäherung gezeigt, dass Salah nicht auf Mauros Wunderwerkzeug hoffen durfte. Hier würde er nicht weiterkommen.

*

Kandidat Nummer zwei war überraschenderweise schon etwas empfänglicher für Salahs Reize. Es handelte sich um ein deutsches Paar in den Fünfzigern. Sie waren nun schon über eine Woche im *Eden* und kamen seit Jahren hier her. Sie war eine groß gewachsene Frau mit kantigem Haarschnitt und erinnerte an eine strenge Lehrerin. Er hingegen hatte einen sehr freundlichen und genügsamen Gesichtsausdruck. Wann immer er zu Salah an die Bar kam, um Getränke für sich und seine Frau zu bestellen, wechselte er ein paar Worte mit ihm. Das Ehepaar war morgens eine der ersten Gäste am Pool und bewegte sich den lieben langen Tag nicht mehr von dort weg. Er studierte jeden Tag die Zeitung und las in einem dicken Buch und sie blätterte sich durch Magazine und löste Sudokus. Zunächst war Salah das Paar nicht besonders aufgefallen. Er hatte lediglich bemerkt, dass die unzufriedene Frau oft genervt von ihrem *Konstantin* war und keine Gelegenheit versäumte ihn zu kritisieren oder zu scheuchen. Er hingegen fügte sich gehorsam ihren gebieterischen Anweisungen. Salah gab sich Mühe immer besonders nett zu dem unterdrückten Herrn zu sein. Der Mann tat ihm irgendwie leid. Die Art wie ausgehungert er sich an Salahs Höflichkeit labte, offenbarte Konstantins große Pein. Ansonsten war das Paar für Salah jedoch ebenso belanglos, wie die anderen

Feriengäste auch. Seine besondere Aufmerksamkeit erhielten sie erst später.

Es war gerade wenig los an der Bar. Die Mittagssonne brannte erbarmungslos herunter und die meisten Feriengäste dösten träge auf ihren Liegen. Salah nutzte die Gelegenheit, um die leeren Gläser einzusammeln, die von den Urlaubern achtlos zurückgelassen wurden. Er beneidete die Gäste des *Eden*, die im Schatten der Palmen und Sonnenschirme ruhten, während er sich stoisch Reihe für Reihe durch die flirrende Hitze kämpfte und seinen Blick nach Leergut schweifen ließ. Genau in diesem Moment erblickte er ihn. Den perfekten Schwanz. Er war in eine enge Männershorts eingeschnürt und prahlte quer über das rechte Bein des Urlaubers. Durch den dünnen Hosenstoff drückten sich deutlich die kräftigen Konturen des massiven Gliedes. Salah musste sich zwingen nicht allzu offensichtlich hinzustarren. Als er ausmachte, zu wem der riesige Penis gehörte, erkannte er hinter einer Zeitung versteckt Konstantin. Konstantin lächelte ihm so freundlich entgegen, wie er es immer tat und Salah erwiderte. Doch diesmal lag in seinem eigenen Lächeln mehr als nur Freundlichkeit. Lust überrollte ihn vollends. Seine dunkelbraunen Augen füllten sich schlagartig mit Sehnsucht und Gier. Sein Blick drang mit solch intensiven Wünschen in Konstantins Augen ein, dass dieser sofort Begriff. Verstohlen warf der ältere Herr einen Blick zu seiner Frau auf die Nachbarliege und stellte beruhigt fest, dass sie hinter ihrer dunklen

Sonnenbrille eingeschlafen war. Der Mund war leicht geöffnet und ihre Arme ruhten schlaff auf ihrem Körper. Konstantins Blick veränderte sich ebenfalls und traf den jungen Kellner voller sehnsüchtiger Neugier. Salah fuhr mit seiner Arbeit fort und sammelte weiter die leeren Gläser um die Liegen ein. Dabei sah er sich immer wieder zu Konstantin um, dessen Blicke ihn aufmerksam verfolgten. Die blauen Augen des Urlaubsgastes erzählten von geheimen Wünschen und offenbarten das unterdrückte Leid seiner Heteronomie. Konstantin verhungerte an der Lieblosigkeit seiner Frau. Er wünschte sich ein erfüllteres Leben und hielt schon lange nach einem Rettungsanker Ausschau. Der arme Mann litt unter dem Verzicht, den er täglich erdulden musste, doch selbst Jahrzehnte der Unterdrückung hatten ihn nicht komplett hoffnungslos gemacht. Viel zu lebendig war sein Wunsch nach Liebe und Leidenschaft. Salah war nur allzu bereit ihm letzteres Bedürfnis zu erfüllen. Nicht um dem deutschen Mann die dringend ersehnte Geborgenheit zu schenken, die er sich so sehr wünschte, nein, es ging Salah rein um seine eigenen essenziellen Bedürfnisse. Er würde ihn an seinem überdimensional großen Schwanz packen und damit Mr. Alexej ein für alle Mal aus seinem Inneren verbannen. Der sexuelle Exorzismus des Missbrauchs.

    Am frühen Abend begann Salahs zweite Schicht. Er war heute als Servicekraft auf der Außenterrasse eingeteilt worden und bediente mit einem freundlichen

Lächeln die Gäste, die nach dem Abendessen mit einer Zigarette und einem Brandy die milde Abendluft genossen und sich auf die frühe Nacht einstimmten. Die Rentner halfen ihrer Verdauung mit einem Kaffee nach und die jungen Familien überbrückten die Zeit bis zur Abendanimation mit Gesellschaftsspielen. Junge und alte Pärchen kuschelten sich zusammen und andere wiederum tippten wild auf ihren Smartphones herum. Zwischen den Hotelgästen erspähte Salah auch Konstantin und dessen Frau. Schweigend saßen sie nebeneinander. Eine Kollegin von Salah kam an ihren Tisch und übergab der strengen Frau einen kitschig geschmückten Fruchtcocktail mit brennenden Wunderkerzen. Konstantin bekam ein Bier. Salah ärgerte sich, dass er nicht für den Tisch eingeteilt war, an dem das deutsche Paar den Abend verbrachte. Ihm war klar, dass er nicht viel Zeit hatte, um seinen Plan umzusetzen. Die meisten Urlauber blieben nicht länger als vierzehn Tage – manche sogar nur zehn. Er wusste nicht, wann Konstantin wieder abreiste. Daher drängte es ihn dem gut bestückten Mann so schnell wie möglich näher zu kommen, doch dessen Frau wich ihm den gesamten Abend nicht von der Seite und als sie doch mal für ein paar Minuten aufs Zimmer gegangen war, hatte Salah es nicht bemerkt. Abends war immer so viel los, dass die jungen Servicekräfte unter Dauerstrom standen. Ohne die kleinste Pause trugen die fleißigen Mitarbeiter im Akkord schwer beladene Tablettes mit Gläsern und Flaschen, Cocktails und Erdnüsse, Kaffees und Eisbecher hin und her. So vergingen kostbare Stunden, ohne dass Salah die Gelegenheit bekam sich dem Mann zu nähern. Ihm entging jedoch nicht, dass ihm Konstantin bei jeder Gelegenheit heimliche Blicke zuwarf, während dessen Frau die Augen nicht von der Bühne nehmen konnte, auf der die Animateure gerade ein großes Showtanzen durch alle Jahrzehnte vorführten. Salah erkannte, wie interessiert der reife Mann an ihm war. Unter Konstantins schüchterner Haltung brodelte ein Gefühlsvulkan. Die ersten Eruptionen hatten ihn bereits durcheinandergebracht. Heimlich schmachtete er Salah aus den Augenwinkeln an, während sich hinter seiner ruhigen Fassade wilde Fantasien entfesselten. Keiner der anderen Gäste hätte das Gefühlschaos des besonnenen Urlaubers wahrnehmen können. Lediglich Salah entging die Veränderung nicht. Die sexuelle Erlösung rückte mit Konstantin in greifbare Nähe und doch blieb dieser unantastbar fern. Unkonzentriert ging Salah seiner Arbeit nach und bediente einen Tisch nach dem anderen. Er konnte jedoch nur noch schwer den Bestellungen der Gäste folgen und schon gar nicht mehr auf ihr freundliches Geplänkel eingehen. Die Sehnsucht quälte ihn. Er würde sicherlich seine Mühe haben, Konstantins überdimensionale Ausstattung in sich einzuführen, womöglich sogar eine schmerzhafte Erfahrung machen, aber er wusste die Strapaze musste er auf sich nehmen, wenn er je wieder heil im Inneren sein wollte. Salah wurde jäh aus seiner Gedankenspirale gerissen. Sein Blick war, wie schon den gesamten Abend lang, automatisch zu Konstantins Tisch gewandert, aber diesmal war dessen Platz leer. Lediglich seine Frau saß noch mit überkreuzten Beinen vor ihrem Cocktail und rückte sich ihre weiße Baumwollweste zurecht, die sie über die Schultern gelegt hatte. Unruhig sah sich Salah nach ihrem Mann um. Doch der war schwierig zwischen den vielen Urlaubern auszumachen. Es herrschte ein wenig Chaos um die Terrassentische, da die Stimmung bei den Gästen unheimlich ausgelassen war. Viele hatten sich von der Show anstecken lassen und tanzten. Andere wiederum waren aufgestanden und klatschten oder wippten von einem Bein auf das andere. Das Abendprogramm kam offensichtlich gut bei den Gästen an. Endlich entdeckte er Konstantin, der sich durch die wogenden Urlauber schob und geradewegs die Toiletten ansteuerte. Sofort schlug Salahs Herz schneller. *Jetzt oder nie,* überkam es ihn instinktiv. Mit geschickten Schritten preschte er vorwärts zur Bar, wo er sein halb volles Tablett mit den leeren Gläsern hastig auf der Theke abstellte. „Ich bin gleich wieder da.", hatte er seinen Servicekollegen zugerufen. Und tatsächlich hatte er Konstantin noch vor den Toiletten einholen können. „Komm", hatte er ihn an der Hand gepackt und mitgezogen. Konstantin war leicht überrumpelt, folgte jedoch bereitwillig Salahs Aufforderung. Salah führte ihn zu dem großen Treppenaufgang zum Speisesaal hinauf. Um diese Zeit war hier überhaupt nichts mehr los, da der Saal schon lange geschlossen hatte und die Aufräumarbeiten längst erledigt waren.

„Hier!", deutete Salah auf die marmorierten Eingänge, die zu den Toiletten führten, welche um diese Uhrzeit nicht mehr frequentiert wurden.

Salah nahm den immer noch irritierten Mann an der Hand und zog ihn behutsam in den großzügigen Vorraum an die Waschbecken. Sein Herz klopfte aufgeregt. Er hatte keine Ahnung, was er nun machen sollte, er wusste nur, dass das seine einmalige Gelegenheit war. Er musste aktiv werden. Er nahm Konstantin an den Händen und ging behutsam einen Schritt auf ihn zu. Konstantin regte sich nicht und beobachtete versteinert den jungen Kellner, der sich ihm nun noch einen weiteren Schritt näherte, so dass sich ihre Körper berührten. Alles in Konstantin regte sich. Er war ganz und gar bereit sich dem Jungen hinzugeben. Er sollte alles mit ihm machen, was er wollte. Er spürte noch nicht mal Aufregung. Sein Herz pochte gleichmäßig, wenngleich auch neugieriger als jemals zuvor. Salah schmiegte sich nun noch eingehender an Konstantins Körper. Die Erregung ging den beiden Männern sofort in die Hosen und jeder Herzschlag drückte ihnen mehr Blut in ihre angeschwollenen Glieder. Salahs Lippen öffneten sich zu einem Kuss. Konstantin schloss automatisch die Augen. Es war das schönste Gefühl, dass er je vernommen hatte. Noch nie hatte er einen intimeren, schöneren Kuss geschmeckt als diesen. Und noch nie kam ihm die Lust, die sich in ihm

regte, so natürlich und echt vor, wie in diesem
Augenblick. In all den Jahren seiner langen Ehe hatte er
sich nicht fallen lassen können. Und nun kam ein junger
Kellner daher und küsste ihn so zärtlich, dass sich sofort
die Welt um ihn herum auflöste. Konstantin war
überwältigt und gleichzeitig verwundert darüber, wie
intensiv er erleben konnte. Dass ihm der junge Spanier
nun die Hose öffnete, schien nur logisch zu sein. Er
wünschte sich mehr als alles andere von ihm berührt zu
werden – am liebsten ebenso zärtlich, wie er ihn geküsst
hatte. Die schmale Hand des Kellners glitt schüchtern,
aber fordernd in seine Hose und endlich umklammerten
die feinen Finger des Jungen feste seinen immer noch
anwachsenden Penis, der darauf sofort reagierte und
heftig zu beben begann. Oh Gott, wie er ihn berührte
war wundervoll. Er sollte niemals mehr aufhören seinen
Penis zu streicheln, der nun wuchtig eine riesige Beule
in die Hose drückte. Hand und Glied hatten nun kaum
noch Platz darin. Konstantin fühlte zum ersten Mal
tiefste sexuelle Begierde. Alles Bisherige verblasste im
Vergleich zu den Emotionen, die er gerade erfuhr. Alles
fühlte sich so richtig an. In diesem Moment zog Salah
seine Hand wieder aus Konstantins Hose und
gestikulierte ihm hektisch, in eine der Kabinen zu
gehen. Da hörte auch Konstantin, dass sich zwei
Personen näherten. Salah hatte die Stimmen der
Rektorin und des Hausmeisters ausgemacht. Wenn sie
ihn hier mit Konstantin sahen, konnte er sich von seiner
Anstellung im *Eden* verabschieden. Salah huschte zu

Konstantin in die Kabine. Dort verharrten die beiden Männer mit angehaltenem Atem und lauschten heimlich dem Gespräch über einen Wasserleitungsdefekt. In der Nachbarkabine beratschlagten sich die beiden Stimmen, wie man den Schaden am saubersten beheben könne, ohne größere Kosten für das Hotel zu verursachen. Die Diskussion hielt eine ganze Weile an, ehe die Worte verebbten und sich ihre Stimmen wieder entfernt hatten. Die beiden Männer atmeten auf. Salah war bereit wieder dort anzusetzen, wo sie aufgehört hatten, bevor man sie bei ihrem Liebesspiel unterbrochen hatte. Fordernd tastete er sich erneut in Konstantins noch offener Hose, nach dessen Wundermuskel voran. Doch Konstantin hielt seine Hand fest und schüttelte lediglich mit einem bedauernden Gesichtsausdruck den Kopf. „Es tut mir leid!", hauchte er dem Jungen liebevoll zu. „Meine Frau wartet bestimmt bereits. Ich bin schon viel zu lange hier. Glaub mir, ich würde gerne bei dir bleiben, aber es geht nicht... Jetzt geht es nicht! Verzeih mir bitte!", zog sich Konstantin den Reißverschluss zu. Sehnsüchtig blickte er Salah ein letztes Mal in die tiefbraunen feurigen Augen, dann verließ er die Toilette und ging zu seiner Frau zurück. Salah blieb zurück auf dem Klo. Tränen des Zorns stiegen in ihm auf. Verdammt. Er hatte die Chance verpasst. Ein dicker Kloß im Hals schnürte ihm die Kehle schmerzhaft ein. Ihm blieb die Luft weg. Er taumelte einen Moment, bis er sich endlich mit einem lauten Gebrüll von dem Zorn und der aufgestauten Erregung befreite. Seine Faust krachte mehrmals kräftig gegen die Kabinentür und brachte diese zum Beben. Dicke Tränen kullerten ihm über die zimtfarbenen Wangen. Schließlich sackte er zusammen, legte den Kopf auf die Knie und weinte bitterlich.

In dieser Nacht rief er Flor an. Sie telefonierten mehrere Stunden und Salah wurde nicht müde ihr zu beteuern, wie sehr er sie vermisse. Er hatte Heimweh und sehnte sich nach der Zeit zurück, als er noch nicht so rastlos war. Als er ganz einfach der Freund von Flor war und Männer keine Rolle in seinem Leben gespielt hatten. Flor vermisste ihn ebenfalls und ihre Familie sprach ständig davon, dass sie ihn bald schon gerne wieder als Gast in ihrem Hause sehen würden. Es tat ihm so unendlich gut das zu hören. Er sehnte sich nach Geborgenheit und Fürsorge und wünschte sich, dass man ihm seine unsichtbaren Wunden gesund streichelte. Er begann mehrmals während ihres Telefonats zu weinen und Flor weinte mit. Sie verabschiedeten sich mit dem Hoffnungsschimmer, dass die Saison im *Eden* schon in wenigen Wochen für ihn beendet sein würde. Dann würden sie erst mal eine Woche lang nur Zeit für sich und ihre Familien haben, ehe Flors erstes Semester an der Universität begann.
Gleich nach dem Gespräch mit Flor masturbierte Salah energisch. Doch wieder war es nicht Flor, die seine leidenschaftlichen Impulse stimulierte. Erneut spürte er das wilde Russland, das ihn dehnte und erneut spritzte er sich erst dann auf die Brust, als Mr. Alexei sich tief in

ihm versenkt hatte. Verzweifelt rollte sich Salah zur Seite und weinte, bis er endlich einschlief.

Am nächsten Tag fühlte er sich innerlich stark zerrissen. Er war von sich selbst maßlos beschämt. Es war schäbig, wie er danach lechzte von riesenhaft bestückten Männern genommen zu werden. So wollte er auf keinen Fall sein. Doch er spürte dieses riesige Loch in sich. Diese permanente unaushaltbare Leere, die durch nichts Anderes gefüllt werden konnte. So kam es, dass Salah trotz aller Gegenwehr seinem inneren Bedürfnis erlag und sich weiter auf die Suche nach dem perfekten Schwanz machte. Nachdem Mauro nicht interessiert war und Salah auch keinen zweiten Versuch bei Konstantin wagte, richtete sich sein Augenmerk auf Paulo, den Massagetherapeuten des *Eden*. Paulo war ein athletisch gebauter Mann; Salah schätze ihn um die dreißig Jahre alt. Er kam aus Portugal, hatte eine schokoladenfarbene Haut und wenn er mit seinem großen Mund lächelte, blitzten eine Reihe weißer gesunder Zähne auf und strahlten mit der Sonne um die Wette. Paulo bediente mit seinem sehr gepflegten Äußeren und dem ausgeprägten Hang zum Körperkult das gängige Gesellschaftsbild eines schwulen Junggesellen. Alles an ihm sah sportlich und geschmackvoll aus. Während seiner Schichten trug er gerne sommerliche Polohemden, die alle frisch gebügelt waren und in denen sich der Duft von Körpersprays und teurem Parfum vermischte. Seine Sportshorts bedeckten nur knapp den wohlgeformten Popo darunter und gaben bald schon Blicke auf ein Paar wunderschöne sportliche Beine frei. Auch seine Hände und Füße waren so makellos, dass sie kaum zu einem Mann gehören konnten. Doch Salahs Interesse verdankte er weder seinem geschliffenen Äußeren oder seiner freundlich zuvorkommenden Art, sondern äußerst banal der bemerkenswert dicken Beule in seiner Adidas Shorts, die er verheißungsvoll und prall vor sich hertrug. Paulo wiederum war der junge Kellner mit seiner charmant schüchternen Art und seiner natürlichen Attraktivität sofort aufgefallen. Allerdings hatten sie wegen ihrer straffen Arbeitszeiten leider kaum die Gelegenheit gehabt sich näher kennenzulernen. Umso verwunderter war er, als Salah ihn eines Tages im Wellnessbereich aufsuchte und ihn in ein Gespräch verwickelte. Der kurze Plausch wirkte etwas gezwungen und entwickelte sich nicht so spannend, wie Paulo es erwartet hätte, aber er bemerkte die feinen Signale, die Salah ihm sendete. Er war ein erfahrener Szenegänger und wusste hundertprozentig genau, wann ein Mann an ihm interessiert war. Und Salah, da war er sich sicher, hatte eindeutige Absichten. Doch schien er noch gehemmt diese umzusetzen, also lud Paulo ihn kurzerhand auf einen Wein nach Feierabend ein. Die beiden jungen Männer trafen sich des Nachts an der Burgerbar am Strand. Der Himmel war sternenklar und das *Chiringuito* gut besucht, vorwiegend vom Personal der umliegenden Hotels. Paulo hatte sich sehr schick gemacht und erschien in einem altrosa Hemd und einer wollweißen Leinenhose, in der sich seine Beule noch deutlicher abzeichnete. Paulo bestellte sich stilsicher einen Weißwein und Salah entschloss sich zu einer Cola. Das Gespräch lief von Anfang an recht schleppend. Die beiden jungen Männer hatten wenig gemein und das war beiden schnell klar. Paulo machte die angespannte Situation etwas nervös. Er hielt sich krampfhaft an seinem Weinglas fest und nippte viel öfter daran, als notwendig. Salah war nicht nervös. Er war eher unentschlossen darüber, ob Paulo der Richtige für sein Vorhaben war. Das leckere Paket in dessen Hose hatte zwar ganz klar Salahs Gunst gewonnen, jedoch entwickelte sich trotz der optimalen Bedingungen nur wenig Verlangen in ihm. Hatte das Telefonat mit Flor womöglich mit seiner Unentschlossenheit zu tun? Konnte er es ihr tatsächlich nochmals antun einen Mann in sich zu lassen? Oder hatten seine Zweifel gar nichts mit Flor zu tun? Hatte er vielleicht Angst davor, dass er wieder enttäuscht werden würde. Der Zusammenbruch nach Konstantins Ablehnung arbeitete noch heftig in ihm nach. Aber sollte er sich deswegen eine neue Chance verbauen? In diesem Augenblick wünschte er Mr. Alexej würde sich auch ohne einen weiteren Mann aus seinen Gedanken verabschieden. Vielleicht reichte es ja aus, dass die Zeit die Erinnerung an ihn und den Abend im Keller verblassen ließ. Flor würde ihm dabei helfen, wenn er zurück nach Malaga kam. Sie hatten immerhin schon Sex miteinander gehabt und er hatte die Liebe mit ihr

zusammen stets genossen. Allerdings waren die Erfahrungen mit Anselmo und Mr. Alexej mindestens genauso aufregend gewesen. Er hatte dabei niemals eine Frau vermisst und schon gar nicht Flor herbeigesehnt. Er hatte sie in jener Zeit fast vergessen und war eher froh gewesen, dass sie so weit weg war und ihm auch am Tag danach nicht über den Weg laufen konnte. Das wäre zu verwirrend für ihn geworden. Oftmals konnte er sogar noch nicht mal mit ihr telefonieren, wenn er gerade von einem Abend mit Mr. Alexej zurückgekehrt war. Doch nun war er traurig. Flor und ihre heile Welt waren so weit weg. Anselmo arbeitete nun auf Ibiza und Mr. Alexej verwöhnte wahrscheinlich schon wieder den nächsten Lustknaben auf irgendeiner verdammten Yacht, in irgendeiner verdammten Stadt. Und er selbst saß mit einem Mann in einer Bar und wusste nicht, ob er ihn wollte oder nicht... Salah seufzte innerlich.
Paulo hielt unterdessen kleinere und größere Monologe über das *Eden* und seine Hotelgäste, die schlechte Bezahlung, die seltsame Rektorin und über die Unterkünfte der Bediensteten. Er hoffte, dass er Salah doch noch ein Thema anbieten konnte, auf das er nicht so abwesend wie bislang reagierte. Aber der junge Andalusier schien mit den Gedanken nicht ganz bei der Sache zu sein. Immer wieder tauchte er ab und sinnierte. Als Paulo schließlich nichts mehr zum Erzählen einfiel oder besser gesagt es aufgegeben hatte zwanghaft ein Gespräch zu suchen, saßen sie beide schweigend nebeneinander und starrten auf das dunkle Meer. Die

Wellen brachen sich gleichmäßig am Strand und aus den Lautsprechern der Burgerbar trug der Wind gedämpfte Saxophonklänge an ihnen vorbei. Paulo blickte mittlerweile genauso traurig drein, wie Salah. Er hatte bei Männern einfach kein Glück. Natürlich hatte er viele Angebote. Er wusste, dass er überdurchschnittlich gut aussah und in der Szene gut ankam. Aber sie alle verloren bereits nach der ersten Nacht oder spätestens ein paar Tage danach das Interesse. Irgendwas machte er wohl falsch. Vielleicht war er einfach zu langweilig unter seiner schönen Hülle. Nur einmal hatte er eine Beziehung zu einem jungen Mann aufbauen können. Über ein Jahr lang waren sie zusammen gewesen. Sie waren beide noch recht unerfahren, junge Erwachsene, die noch ihren Weg im Leben suchten. Doch dann wanderte João nach Belgien aus. Die Beziehung war beendet. Die Armut hatte damals viele nette Jungs aus Portugal vertrieben. Er selbst war ja auch nicht geblieben. Nach einer guten Ausbildung in Madrid war er schließlich nach Mallorca gezogen und arbeitete hier schon das vierte Jahr. Der Job war für seine Verhältnisse nicht allzu mies bezahlt und er kannte mittlerweile auch jede Menge Leute aus der Szene, mit denen er regelmäßig etwas unternahm. Aber Heimweh hatte er immer noch. Und einer wie João war ihm nicht mehr begegnet. Die hiesigen Typen hatten alle keinen Mut aus einem One-Night-Stand eine Beziehung zu machen. Viel zu schnelllebig war die schwule Szene hier. Zu viele Touristen und zu viele falsche

Hoffnungen vergifteten die Intimität. Ob es João in Belgien wohl besser ging oder hatte er dort mit den gleichen Problemen zu kämpfen? Vielleicht sollte er doch mal versuchen seine Adresse ausfindig zu machen. Er würde ihm schreiben. Nur ein paar kurze Zeilen. Und hoffen, dass João sich darüber freute von ihm zu lesen.
„Ich finde es schön mit dir hier zu sitzen...", unterbrach Salah plötzlich die Stille.
„Oh, ja?", schrak Paulo aus seinen Gedanken auf. „Ich finde es auch schön.", entgegnete er ehrlich. Seit sie schwiegen, konnte er dem Abend tatsächlich etwas positives abgewinnen. Es war gut, dass sie nebeneinander sinnierten. Jeder für sich – dennoch nicht allein. Der gemeinsame Kummer war die erste echte Verbindung, die sich an diesem Abend zwischen ihnen entwickelt hatte. Salah hatte das ebenfalls gespürt. Es tat ihm leid, dass er den netten Paulo den gesamten Abend lang ignoriert hatte. Er sah so herausgeputzt aus. Wahrscheinlich war er stundenlang vor dem Spiegel gestanden und hatte das passende Outfit für ihren gemeinsamen Abend gesucht. Er war bestimmt mit einem Blumenstrauß voll riesiger Erwartungen hier erschienen. Und schließlich hatte er nicht aufgegeben Salah aus der Reserve zu locken, um sich doch noch näher zu kommen. Doch je mehr sich Paulo bemüht hatte, desto mehr hatte Salah seine Zweifel bekommen, ob er das Richtige tat. Sie waren sich die gesamte Zeit sehr fremd gewesen und nun, da sie beide schweigsam und eingehüllt in Melancholie aufs Meer starrten,

genoss er die Zeit mit Paulo. Ihr gemeinsames Schweigen hatte einige Zweifel beseitigt. Salah war bereit einen Schritt weiterzugehen. Er musste herausfinden ob Paulos Beule hielt, was sie so lecker versprach.
„Willst du was verrücktes machen?", kam ihm eine Idee. Paulo blickte ihn nur fragend an. „Lass uns in die Wellen springen. Ich habe Lust zu baden.", blitzten Salahs Augen auf.
„Oh, sorry! Ich gehe nie ins Meer. Da schwimmt so viel Dreck und Sand... und Müll herum. Das tue ich meiner Haut nicht an. Und nachts würde ich sowieso nie ins Meer gehen. Wer weiß was da unter einem schwimmt. Brrr!", schüttelte sich Paulo angewidert.
Salah war enttäuscht. Er fand die Reaktion von Paulo erstens völlig übertrieben, *wie konnte man nur so unflexibel sein?!*, und zweitens verpasste er somit die Chance einen Blick auf dessen Gehänge zu werfen. Paulo bemerkte Salahs Enttäuschung. Gleichzeitig fragte er sich, warum er ausgerechnet mit ihm in die Wellen springen wollte. Nachts trieben sich nur die verliebten Pärchen und maximal ein paar Betrunkene im Meer rum. Willst-du-Nachtbaden war meist ein Synonym für Willst-du-Bumsen. Nach dem tristen Abend hätte er nicht damit gerechnet, dass Salah dieses Angebot machen würde. Wahrscheinlich wollte er wenigstens sexuell einen Treffer landen, wenn schon keine Beziehung aus ihnen werden würde. Mit Sex war

Paulo seinerseits auch einverstanden, also entschloss er sich dazu ein Angebot zu machen.
„Aber wenn du unbedingt ins Wasser willst, dann habe ich einen besseren Vorschlag. Lass uns zahlen und folge mir.", zwinkerte er ihm kess zu.
Nur eine knappe viertel Stunde später befanden sie sich vor dem Eingang zum Wellnessbereich im *Eden*. Er zog einen Schlüssel aus seiner Tasche und schwenkte ihn vielversprechend vor Salahs Nase hin und her. Sie traten beide ein und gingen einen schmalen Treppenaufgang hinauf. Hier befanden sich mehre Räume mit Sitzbädern und Duschen, eine Sauna und ein Jacuzzi. Außerdem jeweils eine Massageliege in einem der Räume und auf der Terrasse mit Blick aufs Meer.
„Wir haben den kompletten Wellnessbereich für uns. Allerdings sollten wir nicht zu laut sein. Was hältst du davon?"
„Gut gemacht, Paulo! Es ist perfekt!" Salah war begeistert. Er würde nicht nur Paulo nackt zu sehen bekommen, er hatte ihnen sogar ein sicheres Ambiente verschafft, falls sie intimer wurden. Paulo grinste stolz. Er nahm ein paar weiße Handtücher aus den offenen Regalen und schaltete die Stereo-Anlage ein, aus deren Boxen sofort atmosphärische Melodien in die Räume getragen wurden. Sie gingen zum Jacuzzi. Nun wurde auch Salah etwas nervös. Die beiden Jungs zogen sich aus und ließen einander dabei nicht aus den Augen. Neugierig erforschten ihre Blicke des anderen Körper. Je mehr Paulo sich entkleidete, desto mehr wurde

ersichtlich, welch ein schöner Mann er war. Jeder einzelne Muskel war perfekt definiert und hätte vollkommener nicht sein können. Zwischen Muskelfleisch und seiner schokoladenfarbenen Haut war genau die richtige Menge Fett eingelagert, also athletisch schlank, aber nicht hager. Paulos Behaarung war weitgehend entfernt und doch an den richtigen Stellen auf eine ästhetische Länge zurechtgestutzt worden. Salah war bereits in den Whirlpool eingetaucht und beobachtete gespannt, wie sich Paulo seiner Kleidung entledigte. Endlich öffnete er den Knopf seiner Leinenhose, die sogleich an den schlanken Beinen hinunterglitt. Sie offenbarte nun, was Salah so lange ersehnt hatte, denn Paulo hatte auf Unterwäsche verzichtet. Das Bild seines Penis passte zu seinem makellosen Körper. Er war ideal geformt und reckte sich ein wenig in die Höhe, was daran lag, dass Paulos Hoden so außergewöhnlich prall und dick waren, dass sie seinen Penis nach oben stützten. Salah schluckte ehrfürchtig vor so viel Anmut. Allerdings stellte er auch ernüchternd fest, dass Paulos Ausstattung nur leicht über dem Durchschnitt lag. Es waren lediglich seine drallen Eier, die ihm ein imposantes Paket bescherten. Paulo schritt zum Kühlschrank und schenkte ihnen beiden einen frischen Fruchtsaftmix aus einer Karaffe ein. Anschließend glitt er zu Salah in den Jacuzzi und übergab ihm das Glas.
„Auf diese Nacht!", prostete er Salah zu und sah ihm dabei tief in die Augen. Salah prostete freundlich

zurück. Aber ihm war klar, dass Paulo ihm nicht die Dienste erweisen konnte, die er für sein Vorhaben brauchte. Seine Schönheit war tatsächlich außergewöhnlich, aber es ging Salah nicht um Ästhetik. Die einzige Rechtfertigung nochmals mit einem Mann zu schlafen beruhte allein auf dessen kraftstrotzenden Liebesmuskel.

Am frühen Morgen saß Paulo allein auf seinem Zimmer. Die gestrige Nacht hatte ihn veranlasst einen Brief an João aufzusetzen. Es war einfach entsetzlich mit den jungen Schwulen. Keiner war mehr bereit ernsthaft ein Wagnis einzugehen. War es denn so schwer sich kennen zu lernen und auf eine Beziehung hinzuarbeiten? Er hätte sich Salah gut an seiner Seite vorstellen können, obwohl es gestern offensichtlich nicht zwischen ihnen gefunkt hatte. Aber Gefühle können sich doch entwickeln. Warum muss es immer gleich Alles-oder-Nichts heißen? Er war unheimlich enttäuscht darüber, dass es zu keiner Annäherung zwischen ihnen beiden gekommen war. Er hatte sogar den Eindruck, dass Salah im Laufe des Abends lockerer geworden war. Immerhin hatte er ein paar persönliche Dinge über sich preisgegeben. Sie waren stundenlang auf der Terrasse gesessen, nackt und rallig unter ihren Bademänteln, aber diese Distanz zwischen ihnen hatte Paulo nicht überbrücken können. Es hatte eigentlich alles gepasst: Eine Kleinigkeit zu trinken, der Sternenhimmel, sie beide völlig allein... Doch all die intimen Blicke, die er Salah zugeworfen hatte, waren in den braunen andalusischen Augen des Jungen untergegangen, dort in der Tiefe versunken und erstickt worden. Er konnte keine Gefühle erzwingen, wo einfach keine entstanden waren. Damit musste er sich abfinden. Er verstand nur nicht, weshalb ihn Salah überhaupt angesprochen hatte. Wieso hatte er ihm zuerst Signale gesendet und anschließend die Gelegenheit doch nicht genutzt? Ob er etwas falsch gemacht hatte? Paulo ging geistig immer wieder die Nacht in seinem Kopf durch, konnte aber keine groben Fehler seinerseits feststellen. Er blieb mit seiner Ungewissheit allein. Ein letztes Mal dachte er an den jungen Kellner - *eine männliche Venus*- dann schrieb er die ersten Zeilen an João.

*

Trotz der Enttäuschung, dass es auch mit Paulo zu keinem Akt der Befreiung gekommen war, fühlte Salah in den darauffolgenden Tagen eine Erleichterung. Er fand es gut, dass er keinen Kompromiss eingegangen war. Das gab ihm die Sicherheit sich kontrollieren zu können – ein Gefühl, das er bei seinen Masturbationsfantasien schon seit geraumer Zeit eingebüßt hatte. Mit dieser Erkenntnis wich gleichsam die Last der Ruhelosigkeit für eine kurze Weile. Salah war fröhlich bei der Arbeit und lächelte wieder mehr. Selbst seinen Kollegen fiel die positive Veränderung auf. Er war schon fast der Meinung seine Krise komplett überwunden zu haben, als ein paar Tage später seine Libido mit plötzlicher Vehemenz anstieg. Ruhelosigkeit kehrte zurück und bereits das dritte Mal an diesem Tag ergoss er sich bei den Gedanken an anale Orgasmen. Nahezu zeitgleich arbeitete es auch in Konstantin. Die letzten Tage des Urlaubs waren mehr und mehr zur Qual für ihn geworden. Seine Frau wich ihm nicht eine Sekunde von der Seite. Sie war ihm regelrecht eine Last, obwohl er sie liebte. Aber sie stand ihm definitiv im Weg. Er hatte Stunde um Stunde eine Lösung gesucht, um noch einmal mit dem jungen Kellner in Kontakt treten zu können. Er wollte noch einmal die Gelegenheit haben sich von dem Jungen berühren zu lassen. Es verging kein Tag, an dem er nicht an ihn dachte. Wie konnte das sein, dass er durch eine einzige

Berührung zu einem anderen Menschen geworden war?
Einem Menschen, dessen Träume nur einen Hauch breit
vor der Erfüllung standen. Er haderte tagelang mit sich.
Sollte er seine Situation akzeptieren oder sollte er an der
Hoffnung festhalten, dass dieser junge Kellner ihm das
Leben seiner Träume verwirklichen könnte. Es wäre
alles so einfach gewesen, wenn er mit Isabell, seiner
Frau, weiter machen könnte, wie bisher. Aber er war
nun vierundfünfzig Jahre alt und diese Minuten in der
Toilette waren die schönsten seines Lebens. So lange er
denken konnte, hatte er zurückgesteckt, um es Anderen
recht zu machen. Hatte er nicht auch endlich Anspruch
auf ein wenig Glück? Salah war ihm seit jenem Abend
aus dem Weg gegangen, aber Konstantin wusste, es war
noch nicht zu spät. Er hatte noch einen Abend im *Eden*
und dieser würde sein Leben verändern.

Am nächsten Tag arbeitete Salah wie gewohnt an der
Poolbar. Die Hitze heute war zermürbend. Eine hohe
Luftfeuchtigkeit staute sich auf, wie es auf der Insel nur
selten vorkam. Die Gäste schwitzten sogar schon vom
Ausruhen und auch Salahs Arbeitskleidung klebte
feucht an seinem Leib. Bei jeder Gelegenheit ruhte er
sich auf dem Barhocker vor dem Ventilator aus und
genoss die kühle Brise auf seiner heißen Stirn. Es war
wenig los an der Bar. Die Hitze hatte die Urlauber in
ihre Liegen gepresst und selbst zum Trinken waren sie
zu träge. Salah war gerade dabei die Theke zu säubern,
als er eine freundlich schüchterne und allzu bekannte

Stimme sagen hörte: „Hallo Junge." Vor ihm stand Konstantin. Die Hitze hatte ihm die Wangen gerötet. Salah lächelte ihm freundlich zurück.
„Was darf ich Ihnen servieren?"
Konstantins lächeln wurde breiter, als er Salahs Stimme vernahm. „Zwei Orangensaft mit Eis... Bitte..."
Konstantin sah sich verstohlen um, ob seine Frau ihn beobachtete, aber sie war wie gewohnt in ein Sudoku vertieft. So nahm er seinen ganzen Mut zusammen und begann zu plaudern, während Salah hinter der Bar hantierte und die Säfte vorbereitete.
„Heute ist unser letzter Abend im Eden. Meine Frau und ich hatten geplant auf das Dorffest zu gehen. Es gibt dort Musik und Folklore. Das wird bestimmt ein schöner Abschied." Seine Stimme wurde etwas brüchig. „Vielleicht möchtest du ja gerne auch hinkommen. Meine Frau wird nicht lange auf dem Fest bleiben. Sie will unsere Koffer packen und anschließend die Musikshow der Animation anschauen. Ich könnte es arrangieren, dass wir uns allein sehen könnten."
Salah sah überrascht auf. Konstantin machte ihm ein unglaubliches Angebot, doch Salah hatte eigentlich bereits mit dem Thema abgeschlossen. Bis vor einer Weile hatte er noch geglaubt, seine Krise auch ohne groß bestückte Hilfsmittel bewältigen zu können, doch unlängst war er erneut ruhelos geworden. Diese unsagbare Leere in ihm breitete sich zunehmend aus. Dennoch war er sich unschlüssig, ob er tatsächlich wagen sollte Konstantin zu treffen.

„*Señor*, ich muss bis spät in die Nacht arbeiten. Meine Schicht endet frühestens um Mitternacht. Und danach gibt es trotzdem noch jede Menge zu tun. Ich kann hier nicht weg. *Lo siento!*", entschuldigte sich Salah. Doch noch während er den Satz ausgesprochen hatte, bereute er seine Entscheidung zutiefst. Ein Blick auf Konstantins prall gefüllte Badehose fütterte ihn sofort an. Wie aufregend sein unglaublich großer Schwanz das Hosenbein runter hing. Salah wurde gierig.
„Du brauchst dich nicht gleich entscheiden, aber bitte Salah...!", flehte er ihn an. Es war das erste Mal, dass Konstantin seinen Namen aussprach. „Morgen früh reisen wir ab. Komm auf das Fest. Ich warte ab neun Uhr am großen Platz auf dich. Wenn du bis halb zehn nicht gekommen bist, akzeptiere ich deine Entscheidung. Aber ich bitte dich, lass die Chance nicht verstreichen...!"
Salah schluckte schwer. Er übergab ihm die Getränke und ohne Konstantin dabei in die Augen zu sehen antwortete er völlig instinktiv:
„Ich werde es versuchen, Konstantin!"

Es war bereits zwanzig nach neun. Konstantin wartete etwas abseits der Menschenmassen auf einer Bank. Die Äste eines alten Orangenbaums ragten schützend über ihm. Um ihn herum war das Fest schon seit dem frühen Abend in vollem Gange. Die Dorfbewohner hatten zu diesem feierlichen Anlass ihre Häuser liebevoll mit Lampions und bunten Bändern dekoriert. Rund um den großen Platz hatten die Anwohner Tische und Stühle aus den Häusern nach draußen gestellt und mit den leckersten mallorquinischen Spezialitäten aufgefahren. Der Rest des Dorfes, sowie etliche Touristen versammelten sich direkt auf dem großen Platz, wo musiziert und getanzt wurde. Bunte Lichterketten rankten quer über die Menschenmenge. Am alten Brunnen tobten Kinder in feinen Kleidern ausgelassen hintereinander her und rammten dabei fast die alten Herren, die ihre feinsten Anzüge trugen. Mit Stock und Hut und einem Sherry in der Hand diskutierten die Dorfältesten lebendig miteinander. Konstantin sah auf die Uhr. Salah hatte noch fünf Minuten. Aber er würde kommen. Er glaubte fest daran. Salah hatte ihn beim Namen genannt. *Ich werde es versuchen, KONSTANTIN,* hatte er gesagt. Darüber hatte er sich am meisten gefreut. Wie oft hatte er heute den Satz in seinen Gedanken wieder und wieder abgespielt. Dieser liebe Junge machte ihn ganz hasenwild mit seinen treuen Augen. Konstantin fächerte sich Luft zu. Die Schwüle des Mittags hatte nicht abgenommen. Im Gegenteil; es war zu vermuten, dass sie sich zu einem Unwetter zusammenzog. Er zupfte sein Hemd zurecht, das ihm auf der feuchten Haut klebte und sah auf die Uhr. Noch drei Minuten. Hoffentlich konnte Salah es arrangieren früher zu gehen. Es musste doch sicherlich möglich sein die Schichten zu tauschen. Er selbst hatte ja schließlich auch einen unschönen Streit mit Isabell in Kauf genommen. Sie war nicht sehr erfreut gewesen, als

er ihr verkündet hatte, dass er noch bleiben wolle. Sie hatte ihm schwere Vorwürfe gemacht und seine Entscheidung überhaupt nicht akzeptiert. Er musste ewig mit ihr debattieren und sich einige Gemeinheiten von ihr anhören. Er wusste, wie herrisch sie sein konnte. Wenn sie sich im Recht fühlte, war sie oftmals nicht ganz fair zu ihm. Aber sie meinte es ja nicht böse. Sie wollte nur nicht allein die Musikshow im Hotel anschauen müssen. Dass er sich an diesem Abend ihrem Willen widersetzt hatte, hatte ihr gar nicht geschmeckt. Er wusste, dass sie ihm das noch lange vorhalten würde. Aber an seinem Entschluss war nichts zu rütteln. Es war sogar das erste Mal gewesen, dass er kurz laut geworden war. *Geh jetzt und lass mich in Ruhe!* hatte er ihr klargemacht, dass er seine Entscheidung nicht ändern werde. Nun tat es ihm schon wieder leid. Aber dieses eine Mal musste er tun, was zu tun war. Hätte er es nicht gewagt Salah heute Abend zu sehen, wäre etwas in ihm gestorben.
„Guten Tag, *Señor*.", ertönte Salahs höfliche Stimme.
„Salah... Du bist gekommen. Ich freue mich so, dass es dir gelungen ist." Mit stolzem Blick umarmte er den Jungen, und achtete darauf, dass nicht allzu viele Leute davon Notiz nahmen.
„Aber ich muss aufpassen, *Señor*. Man darf uns nicht zusammen sehen. Ich habe meinem Chef erzählt, dass ich von Fieber geplagt sei. Er glaubt nun, dass ich auf meinem Zimmer liege und schlafe. Ich bekomme

großen Ärger, wenn jemand merkt, dass ich gelogen habe."
„Ich verstehe. Mir ist es auch recht, dass wir uns bedeckt halten. Aber bitte, mein Junge, nenn mich nicht *Señor*. Sag einfach Konstantin. Ja?!"
„Einverstanden.", lächelte Salah.
Die beiden Männer setzten sich in eines der unzähligen Straßencafés am großen Platz. Konstantin bestellte für sie beide Bier und lud Salah auf eine Pizza ein. Er selbst hatte keinen Hunger. Der Platz war gut gewählt. Das Café lag zwar mitten im Getümmel, doch seine üppige Dekoration und die dicht bepflanzten Arkadenbögen boten dem heimlichen Paar Schutz vor unerwünschten Blicken.
„Ich bin froh, dass du gekommen bist. Sei heute Abend mein Gast. Du hast mich selbst ja auch schon oft genug bedient.", lächelte Konstantin gutmütig. Dass er hier mit Salah sitzen konnte, bedeutete ihm alles. „Seit dem Abend auf der Toilette muss ich ständig an dich denken. Was du dort mit mir gemacht hast, war so wunderschön." Salah schwieg weitgehend und horchte, was ihm Konstantin zu sagen hatte. „Ich hoffe du warst nicht zu sehr enttäuscht, dass ich nicht bleiben konnte. Aber du weißt ja, dass ich verheiratet bin." Salah brummte zustimmend. „Isabell, meine Frau, hätte sofort Verdacht geschöpft und ich konnte nicht riskieren, dass man uns erwischt. Es wäre für uns beide fatal gewesen. Aber glaube mir, es war mir unwahrscheinlich schwer gefallen dich verlassen zu müssen. Du warst

unglaublich an diesem Abend!" Die beiden Männer
prosteten sich zu und löschten mit einem ordentlichen
Schluck kühlen Bieres ihre heißen Gedanken. Auch auf
dem großen Platz war die Stimmung hitziger geworden.
Die Band spielte traditionelle katalanische Musik
gepaart mit heißen Rumba Rhythmen. Die Zuschauer
jubelten und tanzten. Die Schwüle und der Sherry, der
in rauen Mengen getrunken wurde, erwärmten die
Gemüter und sorgten für eine ausgelassene Fete.
„Aber heute Abend habe ich Zeit. Meine Frau wird
nicht hierherkommen. Heute bin ich nur für dich da. Du
ahnst nicht, was es für mich bedeutet mit dir hier sitzen
zu können." Die Kellnerin servierte Salah die Pizza und
Konstantin orderte bei der Gelegenheit zwei weitere
Cervezas. Konstantin war überglücklich. Er brauchte
nichts mehr, als mit dem Jungen hier zu sitzen und ihm
beim Essen zuzusehen. Das Bild gefiel ihm. Von ihm
aus konnte es immer so sein. Er stellte sich vor, wie es
wäre, wenn Salah anstelle seiner Frau, das Leben mit
ihm teilte. Wie schön es wäre Tag und Nacht für ihn da
sein zu dürfen, mit ihm essen zu gehen, den Alltag zu
teilen und unglaublich erotische Nächte mit ihm zu
verbringen. Je mehr er an seinem *Cerveza* nippte, desto
konkreter wurden seine Vorstellungen. Salah und er;
Hand in Hand – ein Leben voller Freude; voller
Zufriedenheit. Und wie ihn der Junge immer wieder
ansah. Diese hungrigen tiefbraunen Augen. Sie strahlten
Liebe und Wärme aus. Darüber hinaus verlangten sie
jedoch intensiv nach ihm. Konstantin sah sie ganz

deutlich, die Geilheit, die aus ihnen rief. Die danach leckte, dass sie sich näherkamen. Salah war trotz seiner Unschuld so feurig und lüstern. Das gierige Knistern machte Konstantin unheimlich an. Er spürte, wie ihm sein Penis anschwoll und er wünschte sich, er hätte für die Abendgarderobe eine Hose gewählt, die seine Erregung besser kaschierte.
Salah bemerkte Konstantins Veränderung sofort. Es war so leicht ihn anzumachen. Die mächtige Beule im Hosenbein seiner weißen Leinenhose zuckte und wuchs den Oberschenkel hinab. Als Konstantin auffiel, dass Salah seine Erektion bemerkt hatte, war er fast peinlich berührt. Er hätte gerne vermieden, dass der Junge den Eindruck bekam, Konstantin wäre nur an schneller Erotik interessiert. Er sollte sich als ganzer Mensch von ihm wahrgenommen fühlen. Dass er ihn so unglaublich heiß machte, dafür konnte er ja nichts. Doch Salah störte sich offensichtlich nicht an seiner Erregung. Er rückte sogar ein Stück näher an ihn heran und tastete, geschützt vor den Blicken der anderen, nach seinem Penis. Konstantin musste sich beherrschen, sich nicht lautstark seiner Lust hinzugeben. Am liebsten hätte er die Augen geschlossen, aber er musste Salah dabei ansehen, während er ihm seinen Penis so zärtlich streichelte, bis dieser zu seiner vollen unglaublichen Größe angeschwollen war. Nun schluckten beide Männer trocken. Konstantin von der Mühe nicht vor Lust zu zergehen und Salah von dem Übermaß an Fleisch, dass er mit den Händen bearbeitete. Sie

mussten sofort gehen, gierte es in Salah. Er kannte einen kleinen Park in der Nähe. Sie würden dort auf einer der Bänke oder hinter den Büschen lange genug ungestört sein können.
„Lass uns gehen. Ich muss dich haben.", flüsterte er Konstantin zu.
„Mein Gott, ich auch.", stöhnte Konstantin heißer.
„Aber wir können jetzt nicht gehen. Ich kann nicht aufstehen. Du siehst ja, wie schlecht ich meine Erregung verbergen kann. Er ist zu groß."
Nahezu zeitgleich begann es zu blitzen. Die Schwüle hatte sich wie erwartet zu einem heftigen Gewitter zusammengebraut und kalte Regentropfen platschten schwer vom Himmel. Ein kräftiger Wind zog auf und pustete noch mehr kalten Regen auf den großen Platz. Die Lampions und Girlanden wurden von den extremen Böen davon gerissen und in kürzester Zeit rannten die Leute in alle Himmelsrichtungen, um sich vor dem Unwetter zu schützen.
„Lass uns gehen.", drängte Salah. Konstantin schob noch einen Zwanziger unter den schweren Aschenbecher und sie beide rannten durch den Regensturm über den großen Platz zum Park. Als sie dort ankamen waren sie beide völlig durchnässt. Vollkommen allein standen sie sich gegenüber. Der starke Regen hatte dafür gesorgt, dass absolut keine Menschenseele mehr auf den Straßen unterwegs war. Salah zersprang vor Geilheit. Er zog sich das nasse Hemd über den Kopf und sah Konstantin tief in die

Augen. Der bewunderte Salahs makellosen jungen Körper von oben bis unten und strich ihm liebevoll das nasse Haar aus der Stirn. Salah antwortete, indem er ihm gierig das Hemd aufknöpfte und es beiseite warf. Doch bevor er mit Konstantins Leinenhose fortfahren konnte, packte dieser ihn unter bebendem Herzklopfen an den Händen.
„Warte kurz, bitte. Du weißt ich will dich mehr als alles andere, aber ich muss dir erst noch was sagen... Ich möchte, dass du mit mir nach Deutschland kommst.", platzte es aus ihm heraus. „Ich liebe dich, Salah. Ich will, dass du mit mir zusammenlebst."
Salah war einen Moment erstarrt.
„A... Aber deine Frau?", war es das Erste, was ihm darauf einfiel. Konstantins Offenbarung kam überraschender als das Gewitter.
„Ich werde mich von ihr trennen. Ich habe schon seit Tagen darüber nachgedacht. Sie wird mir nie das geben können, was du mir gibst, Salah...!" Er zog den konfusen Jungen zu sich heran und küsste ihn. Ihre nassen Körper berührten sich und trotz des kalten Regens, der sie umspülte, brannte Konstantins Haut auf seiner so heiß wie Feuer. Gewichtig rieb sich dessen mächtiger Schwanz an seinen Beinen und ließ ihn fast vergessen, welch bedeutungsschwere Entscheidung der Mann ihm gerade mitgeteilt hatte. In Salahs Kopf herrschte nur noch Hitze. Leidenschaftlich verteilte er Küsse und stellte sich dabei vor, endlich Konstantins gigantischen Muskel in sich einzuführen. Er bebte, sich

von ihm kraftvoll und tief nehmen zu lassen und sah einem Orgasmus entgegen, welchen er noch nie zuvor gespürt hatte. Doch dann kamen ihm mit einem Mal Zweifel. Konstantins Worte klangen zu vehement nach. Dieser Mann liebte ihn und war bereit seine Ehe und das Leben, welches er sich über viele Jahre aufgebaut hatte, aufzugeben, nur um mit ihm zusammen zu sein. Salah hingegen sah in ihm lediglich einen gigantischen Schwanz, dem ein unbedeutsamer Mann anhing. Ihm war völlig gleichgültig, welcher Mensch hinter dem schwerfälligen Gemächt existierte. Er wollte sich nur bis zum Rande der Besinnungslosigkeit von ihm nehmen lassen, Mr. Alexej vergessen, und zurück zu Flor nach Hause kehren, um wieder ein ganz normaler Junge zu sein. Heil im Inneren. Salah konnte jedoch nicht verantworten, dass Konstantin dafür einen derart hohen Preis zahlte. Mit seiner ganzen Kraft drückte er ihn von sich weg.

„NEIN.", brüllte er schnaubend, aber es tat ihm unheimlich weh. Besonders jetzt, da er den klatschnassen Mann vor sich stehen sah, dessen fleischrosa Schwanz verlockend aus der durchsichtig gewordenen Hose hervorschimmerte. Salah schluckte schwer und kämpfte gegen aufsteigende Tränen an.

„Wir werden kein Paar. Ich liebe dich nicht. Ich will nichts von dir. Ich wollte nur deinen Schwanz."

Fassungslos rang Konstantin um Luft. Was der Junge da sagte, konnte er nicht glauben. Er hätte doch ansonsten

nie so viel Wärme und Liebe gespürt. Er konnte sich doch nicht so getäuscht haben.
„Aber Salah... Das kann nicht sein. Merkst du nicht, welche Anziehungskraft zwischen uns herrscht. Wir brauchen uns. Du hast nur Angst davor. Aber das ist nicht schlimm." Konstantins Stimme war brüchig geworden.
„NEIN!", entgegnete Salah nun noch vehementer. „Ich bin mir sicher. Es existiert keine Liebe und es ging nie um dich. Ich habe eine Freundin und ich werde mich nicht von ihr trennen. Ich werde sie bald schon wieder sehen und du bist dann vergessen..."
„Ach, Salah... Mach nicht denselben Fehler wie ich. Du und ich..." kam er einen Schritt auf ihn zu und streichelte ihm über die zarte Wange.
„Hör auf damit. Geh! Geh nach Hause zu deiner Frau und lass mich in Ruhe!"
Konstantin war geschockt. Salahs letzte Worte waren so endgültig, wie die, mit der er selbst vor nicht allzu langer Zeit seine Frau ins Hotel zurückgeschickt hatte. Er begriff, dass sich der Junge niemals für ihn entscheiden würde, obwohl er immer noch von seinen Gefühlen überzeugt war. Konsterniert sammelte er sein Hemd vom Boden ein und wankte mit geknickter Haltung zum Hotel zurück. Als er an Salah vorbei ging warf er ihm einen letzten unsagbar traurigen Blick zu.
„Wir beide... Wir hätten was ganz Großes werden können!" Damit verschwand er im Dunkel und ließ Salah im Regen stehen. Er sah Konstantin nie wieder.

Fabian

Natürlich war Salah nach diesem Abend unwahrscheinlich niedergeschlagen. Konstantins enttäuschter Blick verfolgte ihn quälend. Ihm war in dem bösen Spiel der Lust nicht klar gewesen, mit welcher Kraft er ihn berührt hatte. Sein offenes Geständnis im Park war ein unfassbarer Schock gewesen. Er fragte sich, ob er dem Mann falsche Signale gesendet hatte und schämte sich dafür, wie verantwortungslos er mit dessen Gefühlen umgegangen war. Konstantin war so verletzt davongezogen, dass Salah befürchtete er würde sich nie mehr davon erholen. Aber auch Salah selbst hatte einen schweren Verlust in Kauf nehmen müssen. Er verbrachte nur noch wenige Wochen im *Eden*, ehe er zurück zu seiner Familie heimkehrte. Dort wartete bereits ein Leben auf ihn, das schon vor geraumer Zeit festgelegt worden war. Eine Hochzeit mit Flor, selbst Vater von mehreren Kindern werden, und im Einklang mit der Familie leben. Sie würden unweit seiner Eltern ein Haus bauen und viel Zeit im *Patio* seiner Großeltern verbringen. Seine Kinder würden mit unzähligen Cousins und Cousinen zusammen aufwachsen und ihnen einmal selbst jede Menge Enkelkinder bescheren. Das klang zwar alles sehr schön, doch Konstantin hatte ihn davor gewarnt nicht denselben Fehler zu begehen wie er. Was er damit meinte, war nicht schwer zu erraten. Selbst ohne die gesamte Tragweite seiner Entscheidung zu erfassen, war Salah klar, wie tragisch Konstantins Leben verlaufen war und noch immer tat. Doch er hatte gelernt, dass Zufriedenheit nur im Kreise der Familie möglich war. Die eigenen Werte und Traditionen weiter zu vermitteln und darin eine familiäre Geborgenheit zu erfahren, war doch eine hoffnungsvolle Vorstellung. Auf der anderen Seite bedeutete es jedoch gleichzeitig auf die unendlich reizvollen erotischen Erfahrungen zu verzichten, die sich im *Eden* so verlockend geboten hatten. Salah war gewiss nicht schwul, so etwas gab es in seiner Familie nicht, aber jetzt, da er mal von den verbotenen Früchten genascht hatte, fiel es ihm schwer sich vorzustellen ein Leben lang darauf zu verzichten. Vielleicht war Konstantin tatsächlich seine letzte Chance gewesen, eine unglaublich ekstatische Erfahrung zu machen. Mit Flor liebevoll zu sein war auch schön, aber sie würde ihm gewisse Bedürfnisse nicht stillen können. Intimität mit einem Mann, statt mit ihr, war eine fast nicht zu vergleichende Erfahrung und ebenso andersartig nahm sich Salah selbst dabei wahr. Er genoss beide Rollen, aber es ängstige ihn, mit welch hoher Intensität ihn die gleichgeschlechtliche Leidenschaft reizte. Die nächsten Nächte schlief er nur sehr unruhig. Er rauchte stark und war unkonzentriert bei der Arbeit. Manchmal war er so tief in seinen Gedanken versunken, dass seine Kollegen ihn mehrmals rufen mussten, bevor er sie überhaupt wahrnahm. Wann immer er Zeit hatte, wanderte Salah durch die anliegenden Pinienwälder. Das mildere Klima des schattigen Waldes und die feinen ätherischen Düfte der Pinien, halfen ihm dabei das Gedankengeflecht kurzzeitig zu entwirren. Seine Zigarettenpausen oder die freie Zeit zwischen den Schichten verbrachte Salah gerne am anliegenden Strand. Dann saß er auf einem Felsen, abseits des Getümmels, wo die Küste schroffer wurde, und starrte auf das offene Meer. Im Vergleich zu der Ewigkeit, mit der sich die Wellen, seit hunderten von Millionen Jahren, immer wieder an den Felsen brachen, schienen seine eigenen Probleme daneben ganz klein. Die Weitsicht und die beruhigenden aquamarinen Farben des Mittelmeers dämpften den tosenden Sturm seiner aufgerührten Seele. Hier, wo die Luft rein und klar war, und sich kein Duft von süßen Sonnenölen mehr mit dem Meereswind vermischte, gelang es ihm endlich sich sachlich mit seinen Gefühlen auseinander zu setzen. Er beschloss die Suche nach einem wohl bestückten Mann aufzugeben. Er würde zukünftig ohnehin darauf verzichten müssen. Je eher er sich damit abfand, desto leichter würde ihm die Umstellung in Malaga gelingen. Die Erinnerungen an Anselmo und Mr. Alexej würden verblassen und auch Konstantins fleischgewordene Verlockung würde bald schon in Vergessenheit geraten. Salah versprach sich alle unsittlichen Männergedanken fallen zu lassen. Auch bei der Masturbation würde er sich zukünftig darauf konzentrieren an Flor zu denken. Er versuchte den Stich im Herzen zu ignorieren, den dieser Gedanke auslöste.

„Hey Junge... Halloooo...??? Kannst du mich nicht hören???" Nur sehr langsam begriff Salah, dass jemand nach ihm rief. Als er aufsah erkannte er einen der Surfer, die sich hier gerne tummelten. Dieser Teil der Bucht war für die Badegäste nahezu uninteressant, da der Eingang zum Meer nur über scharfkantiges Felsgestein zu erreichen war. Dafür türmten sich die Wellen ein Stück höher, als an den seichten Sandbänken und das lockte einige Jungsurfer an, die hier regelmäßig ihr Können zeigten.
„Dein T-Shirt...!", gestikulierte der Junge so wild mit den Armen, dass er dabei fast vom Brett gefallen wäre. Salah verstand erst nicht. Er war mit einem Teil des Geistes noch tief mit seinen Gedanken beschäftigt, die ihn nicht so schnell losließen. Erst als er den Kopf etwas zur Seite drehte bemerkte er, dass der Wind sein Shirt wegzuwehen drohte. Es hing nur noch mit einem Zipfel an der Kante eines Felsvorsprungs fest und flatterte unglücklich im Wind. Doch just in dem Moment, als Salah danach griff, fiel es in das tosende Meer.
„Warte, ich helfe dir!", legte sich der junge Surfer aufs Brett und paddelte los. Es dauerte nicht lange, bis er das nasse Shirt aus den Wogen befreit hatte und es stolz zu Salah hoch reichte.
„*Muchas Gracias!*"
„Keine Ursache. Warte, ich komme zu dir hoch. Hilf mir mal!", reichte er Salah zunächst das Surfbrett nach oben, der es packte und hinter sich ablegte. „Und nun mich, bitte.", streckte ihm der Surfer seine Hand

entgegen. Salah zog den Jungen aus dem Wasser. Er war ungefähr in seinem Alter und strahlte ihn smart an. „Du bist der Junge der Poolbar. Ich hab dich schon öfter gesehen." Salah sah wohl ziemlich verdutzt aus, denn der Junge erklärte weiter. „Wir sind auch im Eden, meine Familie und ich. Ich heiße Fabian."
„Salah!", entgegnete er etwas überrumpelt.
„Ja, ich weiß. Ich hab deinen Namen auf dem Anstecker gelesen. Hilf mir mal aus dem Neoprenanzug, bitte.", drehte er ihm den Rücken entgegen. Vorsichtig zog Salah den Reißverschluss vom Nacken bis zu den Lenden auf und achtete dabei darauf die Haut des Jungen nicht unschön einzuklemmen. Vereinzelte Sommersprossen und eine Handvoll geröteter Pickel zeichneten sich auf der salzigen Haut ab. Er half ihm aus den Ärmeln, die sich nur schwer von den Armen lösten. Ein schmales Lederband kam zum Vorschein, an dem ein Anhänger in Form eines Haizahns baumelte. Fabian war ein wenig größer als Salah und hatte eine ähnlich schmale und fein definierte Figur. Unter dem dunkelbraunen Wuschelkopf befand sich ein schön geformtes Gesicht mit dichten Augenbrauen und lustigen Sommersprossen auf der Nase.
„Vielen Dank auch, Salah!", strahlten dem jungen Kellner zwei glänzend braune Augen und eine gepflegte Zahnreihe entgegen. Salah hingegen war auf die Konversation überhaupt nicht vorbereitet und fühlte sich immer noch ein wenig überfordert. Er wusste nicht genau, ob es ihm recht war, dass Fabian es sich neben

ihm gemütlich machte. Er wäre eigentlich lieber alleine geblieben und seinen trübsinnigen Gedanken nachgegangen. Immerhin hatte er jede Menge mit sich zu bereinigen. Dass Fabian ihn davon ablenkte, störte ihn ein wenig. Aber eines war ihm ebenfalls klar: Fabian gefiel ihm. Er war hübsch. Im Gegensatz zu seinem dichten Haarschopf war sein Körper nahezu unbehaart. Seine Haut glänzte goldbraun im Sonnenlicht und seine Ausstrahlung war von einer fast vergessenen kindlichen Naivität geprägt. Er erinnerte Salah an sich selbst, als er noch nicht mit Trübsinn gefüllt war. Allerdings war der Surfer-Junge nicht ganz so schüchtern. Er plauderte unbefangen und offen, erzählte über seine Familie und ihre gemeinsamen Ausflüge. Fabian war mit seiner Großmutter, seinen Eltern und seinen beiden Schwestern hier. Sein Vater war jahrelang als Entwicklungshelfer im Ausland tätig gewesen und seine Mutter war Grundschullehrerin. Als seine Mama schließlich mit Miriam Schwanger wurde, entschlossen sich seine Eltern wieder in Deutschland zu leben. Fabian war das mittlere von drei Geschwistern und beinahe auf den Tag genau in Salahs Alter. Er war gerade dabei seinen Führerschein zu machen, obwohl er nicht viel vom Autofahren hielt. Seine jüngere Schwester lebte noch bei ihnen daheim. Sie hatte gerade die zweite Klasse beendet und war das Küken unter den Geschwistern. Seine ältere Schwester war bereits Mutter und Ehefrau. Sie hatte früh einen jungen Griechen geheiratet und schließlich kurz vor Weihnachten Amelie

auf die Welt gebracht; der Stolz der gesamten Familie. Seit er denken konnte waren sie alle zusammen in Urlaub gefahren. Immer waren mehrere Generationen an einem Tisch, unglücklicherweise waren in den letzten paar Jahren sämtliche Großeltern verstorben. Einzige überlebende aus der Generation war seine Oma mütterlicherseits, die schon immer seine Lieblingsoma gewesen war. Salah lauschte interessiert den Geschichten aus Fabians Leben. Obwohl er den Jungen gerade erst kennen gelernt hatte, war er ihm schon jetzt tief vertraut. Die familiären Verhältnisse waren ihm gut bekannt – lebte er doch selbst in einem Mehrgenerationenhaus. Der starke Zusammenhalt und das Aufwachsen in einem herdenhaften Familiengeflecht, waren ihrer Biografie gemein. Beide wussten um die Geborgenheit, kannten aber ebenfalls die verbundenen Schwierigkeiten darin.
„Hey, möchtest du auch mal aufs Brett? Ich kann dir meinen Anzug ausleihen, wenn du magst. Dann kannst du mir ja mal zeigen, wie ihr Spanier die Wellen reitet.", war Fabian schon dabei aus seinem Neoprenanzug zu schlüpfen.
„Nein.", erschrak sich Salah. Er hatte völlig die Uhrzeit aus den Augen verloren und nun musste er sich beeilen rechtzeitig zur nächsten Schicht zu erscheinen. „Ich muss wieder zum Hotel. Meine zweite Schicht beginnt gleich."

„Na dann vielleicht ein anderes Mal.", zuckte Fabian mit den Schultern. „Heute sind sowieso kaum Wellen da. Wir holen das nach, okay?"

„Ja, okay!", willigte Salah ein. Er würde sich zwar schrecklich blamieren, da er in seinem ganzen Leben noch nie auf einem Surfboard gestanden hatte. Aber er würde es zumindest mal ausprobieren. Es mochte vielleicht recht lustig werden. Beschwingt und mit wesentlich leichteren Gedanken als zuvor, hechtete Salah zum *Eden* zurück.

*

Die Sonne war schon lange hinter den Bergen untergegangen und nach und nach kehrten die Gäste des *Eden* auf die ausladende Terrasse, um das üppige Büfett zu verdauen und den Abend unter freiem Sternenhimmel zu verbringen. Zur Unterhaltung war wieder eine *Show Profesional* angekündigt, das bedeutete ausgelassene Stimmung bei Live-Musik und Tanz. Es war schön anzusehen, dass die Gäste sich zu diesem besonderen Spektakel fein zurecht gemacht hatten. Die Damen trugen sommerliche lange Kleider und hatten die Haare zu Locken eingedreht, während die Männer ihre Hemden leger aufgeknöpft und die Ärmel etwas hochgekrempelt trugen. Das Ambiente war mediterran festlich und die Vorfreude auf den gemeinsamen Tanzabend war allen anzumerken. Nie sonst waren die Urlauber so kontaktfreudig als dann. Es wurden Bekanntschaften geknüpft, geflirtet und Tanzpartner gewechselt. Es war leicht sich vorzustellen das Leben mit jemand anderem zu teilen, wenn man sich beim Tanzen auf eine merkwürdig intime Weise näherkam. Die Trinkgelder waren an diesen Abenden immer besonders üppig ausgefallen und auch die Bewertungsfragebögen fielen in der Regel freudiger aus. Auch Salah fühlte sich von der fröhlichen Atmosphäre und der lauen Abendluft beschwingt. Das Päckchen, das er seit Wochen mit sich trug, war heute viel leichter, als sonst. Zeitweilig war der Trübsinn

sogar vollkommen aus seinen Gedanken verschwunden.
Er hatte sich schon lange nicht mehr so leicht gefühlt.
Sein aufmerksames Auge überflog die Tische, immer
auf der Suche die Getränkewünsche der Gäste
aufzunehmen, da erspähte er endlich Fabian. Er sah
etwas anders aus als mittags am Strand. Er trug nun eine
rundliche Brille auf der Nase, die jedoch sein liebes
Gesicht unterstrich. Obwohl er sich zum smarten Surfer
gestylt hatte, wirkte er doch noch kindlich naiv. Das
faszinierte Salah auf seltsame Art und Weise. Es
erinnerte ihn an seine eigenen Anfänge im *Eden*. Er war
so unerfahren und blauäugig gewesen und war sich mit
seiner Schüchternheit oftmals selbst im Weg gestanden.
Alle seine Kollegen waren ihm so viel reifer und
lebensfroher vorgekommen und er hatte sie insgeheim
bewundert und sich gewünscht, mehr wie sie sein zu
können. Das *Eden*, mit seinen tausenden Geschichten,
hatte ihm vieles gelehrt und er war schließlich selbst zu
einem jungen Erwachsenen gereift. Doch nun vermisste
er dieses unbekümmerte kindliche Gefühl, mit dem er
einst angereist war. Fabian war ebenfalls dabei
erwachsen zu werden. Mit durchdacht ausgewählter
Kleidung und seinem höflichen Verhalten mimte er den
Erfahrenen, doch unter dieser Verkleidung schimmerte
noch deutlich sein unbekümmertes kindliches Wesen
hervor. Es tat Salah fast leid, dass Fabian bereit war
diese kostbare Eigenschaft unwiderruflich
einzutauschen. Als Fabian Salah ebenfalls erspähte,
winkte er ihm freudig hinüber. Unweigerlich schnellte

Salahs Hand in die Höhe und grüßte begeistert zurück. Er sah sich peinlich berührt in alle Richtungen um, ob jemand seine Freude bemerkt hatte und versuchte vergeblich das Lächeln zu vertuschen, das ebenso unkontrollierbar wie plötzlich entstanden war. Fabian strahlte und gestikulierte aufgeregt mit seiner Familie, die sich sogleich allesamt zu dem jungen Kellner umdrehten und ihm warm zulächelten. Salah wurde die Situation nun ziemlich unangenehm und er hätte sich am liebsten unsichtbar gemacht. Verlegen sah er auf seine Hände und zählte, ob noch alle Finger da waren. Tatsächlich, noch alle da... Als er schließlich wieder aufsah forderte ihm der Vater der Familie mit einer eindeutigen Handbewegung auf, zu ihnen an den Tisch zu kommen.

„Du bist also Salah.", lächelte ihm der Familienvater entgegen. „Wir haben schon viel von dir gehört." Salah lächelte freundlich in die Runde zurück. Sein geschultes Auge verriet ihm, dass Fabians Familie noch mit Getränken eingedeckt war und sein Service hier momentan nicht benötigt wurde. Die Familie war gerade dabei, eines der beliebten Kartenspiele zu spielen, mit denen sich die Urlauber gerne die Zeit vertrieben. Doch als Salah an den Tisch gekommen war, hatten sie die Karten sogleich niedergelegt und ihn aufmerksam betrachtet. Von den neugierigen Augenpaaren gemustert, verwandelte er sich augenblicklich in einen schüchternen Jungen zurück.

„Wir waren schon drei Mal auf Mallorca,", begann Fabians Vater zu erzählen, „aber dieses kleine Städtchen ist ein ganz besonderes. Die Leute sind viel gastfreundlicher und offener, obwohl die Stadt gar nicht so touristisch überlaufen ist, wie Palma. Man findet hier noch so viel einheimisches Flair. Wunderschön. Es muss fantastisch sein hier zu leben."
„Danke schön.", entgegnete Salah freundlich. „Die Mallorquiner sind mit Tourismus aufgewachsen. Sie haben sich einerseits darauf eingestellt und doch andererseits ihre Originalität behalten. Das kommt bei den Urlaubern ganz gut an, denke ich."
„Das kann man wohl sagen, junger Mann. Sie sind sicherlich auch auf Mallorca aufgewachsen? Unser Fabian hat nämlich nur Gutes über Sie zu berichten gewusst."
„Nein.", lächelte Salah verlegen. „Ich komme aus der Provinz Malaga. Ich arbeite hier lediglich während des Sommers. Aber vielen Dank für das Kompliment."
„Malaga, hörst du Helena?!", wurde Fabians Vater leutselig. „Vor zig Jahren sind wir mit dem Wohnmobil die komplette andalusische Küste bis zum Atlantik abgefahren. Traumhaft. Erinnerst du dich noch, Fabian?"
„Nicht wirklich, Vater.", rollte Fabian mit den Augen. „Damals war ich ja noch so klein."
„Ja stimmt, Miriam war schon im Kindergarten und du gerade mal aus den Windeln gewachsen. Aber an den Affenberg von Gibraltar kannst du dich sicher noch

erinnern. Einer dieser Paviane hat dich nämlich mit Kot beworfen.", lachte Fabians Vater herzhaft. „Wie auch immer: Land und Leute haben uns damals prächtig gefallen, nicht wahr Helena?" Seine Frau nickte zustimmend. Salah stand geduldig am Tisch und lauschte den Geschichten, von denen er nicht genau wusste, weshalb man sie ihm erzählte. Er hörte von ihrer Fahrt durch die Sierra Nevada, von den Gärten der Alhambra, der großen Brücke von La Ronda, von Casares dem weißen Dorf und und und, bis Helena ihrem Mann schließlich die Hand hielt.
„Schatz, ich glaube der junge Salah hat keine Zeit dir noch länger zu lauschen. Er muss immerhin die Gäste versorgen. Also wenn niemand mehr was bei ihm bestellen möchte...?"
„Danke *Señora*, sehr aufmerksam von Ihnen." Die Familie deutete auf ihre noch vollen Cocktail-Gläser und schüttelten verneinend die Köpfe. „Wenn später noch ein Wunsch besteht, können Sie mich gerne rufen.", verabschiedete sich Salah höflich.
„Sehen wir uns morgen wieder am Strand?" fragte Fabian hastig, bevor Salah sich von ihnen entfernte. *Ja natürlich!*, hätte er gerne geantwortet, doch im letzten Moment fiel ihm ein, dass er nicht konnte.
„Leider nicht.", antwortete er wahrheitsgetreu. „Ab Montag bin ich wieder in der Früh- und Mittelschicht eingeteilt. Eine Kollegin musste vorzeitig nach Hause reisen. Da bleibt zwischen den Schichten kaum Zeit für den Strand."

„Schade." Fabian war sichtlich enttäuscht.
„Aber dann hast du doch sicherlich abends ein wenig Freizeit. Hier mein Junge." Fabians Vater zog einen Zwanziger aus seiner Geldbörse und hielt ihn Salah unter die Nase. „Vielleicht könntest du unserem Fabian ein wenig das Stadtzentrum zeigen oder ein Eis mit ihm essen gehen. Der arme Junge langweilt sich beim *Uno* spielen mit uns nämlich zu Tode." Salah war ein wenig beleidigt, dass ihn Fabians Vater mit einem Zwanziger zu kaufen versuchte. Er würde sich nie mehr kaufen lassen, soviel stand fest.
„Es würde mich freuen dich morgen Abend mit ins Zentrum zu nehmen. Ich kenne ein paar nette Plätze in der Stadt...", sagte er zu Fabian gewandt, „...aber Ihr Geld werde ich dafür nicht annehmen, *Señor*.", lehnte er die Bezahlung ab.
„Das ist sehr nett von dir, Salah. Aber bitte, nenn´ mich Markus und das ist meine Frau Helena.", antwortete der Vater. „Fabian, dann bekommst du das Geld mit der Bitte deinen Freund für die Aufmerksamkeit auf ein Eis einzuladen.", zwinkerte er seinem Sohn zu, der sich über das Arrangement seines Vaters so freute, dass er wie ein Honigkuchenpferd grinste.

Am nächsten Abend wartete Salah zehn Minuten vor neun am Brunnen vor dem Hotel. Er war zu früh dran und nutzte die Zeit für eine Zigarette. Nach seiner Mittelschicht hatte ihn die Sehnsucht nach zu Hause gepackt und er hatte erst mit seiner Familie telefoniert

und später noch Flor angerufen. Sie vermisste ihn unglaublich und zählte die wenigen Wochen, die er noch im *Eden* arbeitete. Er hatte ihr ebenfalls beteuert, wie sehr er sich auf sie freute und meinte es aus tiefsten Herzen. Sie hatten sich mal wieder ihre Zukunft in bunten Bildern ausgemalt. Vielleicht würden sie sich ebenfalls eines Tages ein Wohnmobil mieten und mit ihren vielen Kindern die andalusische Küste hinunterfahren. Flor fand seine Zukunftsträumereien total romantisch und weinte am Telefon und Salah glaubte fest an diesen Traum. Sie würden am Strand ein Lagerfeuer entfachen und er würde mit den Kindern Kartoffeln in den offenen Flammen grillen und ihnen dabei Geschichten über Piraten und Meeresungeheuer erzählen. Mit seinen Jungs würde er Fußball spielen und sein kleines Mädchen, wie eine Prinzessin behandeln und ihr die schönsten Kleider kaufen. Mindestens drei Kinder sollten es werden – lieber noch fünf.
Dass es in seinen Schwärmereien hauptsächlich um die Gründung einer Familie ging, war ihm zunächst nicht negativ aufgefallen. Erst jetzt, als er abermals über seine Träume nachdachte, stellte er fest, wie auswechselbar Flors Rolle darin war. Und nun stand er hier mit gegelten Haaren, geputzten Schuhen und in dem eleganten schwarzen Seidenhemd, das sich eng an seinen schlanken Oberkörper schmiegte und wartete auf sein *Date* mit Fabian. Er hatte sogar die Goldkette umgelegt, die ihm Mr. Alexej einst geschenkt hatte.

Was er sich von dem Abend erhoffte, wusste er nicht, aber die Aussicht darauf beschwingte ihn.
„Wartest du schon lange?", weckte ihn Fabian aus seinen Gedanken. Salah lächelte und begrüßte ihn spontan mit einem Küsschen auf die Wange. Es hatte ihn einfach so überkommen und fühlte sich irgendwie richtig an. Fabian wirkte ein wenig aufgeregt, Salah hingegen war ruhig. Er war der Erfahrenere von beiden, fast fürsorglich verantwortlich für den jungen Surfer. Gemeinsam schlenderten sie durch die belebten Gassen des Ortes. Die Bars waren gleichermaßen von Einheimischen und Touristen besucht. Wobei man die Einheimischen daran erkannte, dass sie erst jetzt ihr Abendessen zu sich nahmen, während die Touristen, bereits übersättigt von den Büfetts, lediglich noch ihre abendlichen Absacker genossen. Salah und Fabian flanierten zunächst durch die Arkaden, in denen mehrere stark frequentierte kleine Märkte und Shops die kaufwütigen Urlauber mit Gummitieren, Strandtüchern, Parfums, Sonnenbrillen und dergleichen versorgten. Zwischen den Shops wechselten sich kleine Tapas-Bars mit Pizzerien und Fischrestaurants ab. Das Leben fand hier auf der Straße statt und trotz der fortgeschrittenen Zeit waren selbst die Kinder noch aktiv und außer Rand und Band. Am Ende der Arkaden gabelte sich die Straße. Die Jungs entschlossen sich zunächst auf der kurzen Strandpromenade weiter zu flanieren, wo der Weg nach einigen Strandcafés eine steile Biegung in den Ortskern zurück machte und man sich in der

sogenannten Vergnügungsmeile wiederfand. Diese bestand aus einer Aneinanderreihung von Karussells und anderen Fahrgeräten für Kinder, sowie einem Casino und einer Spielhölle. Auf dem kurzen Streckenabschnitt reihten sich mehrere Stofftierautomaten aneinander, an denen einige Kinder ihr Glück herausforderten und mit langen Greifern nach bunten Plüschtieren schnappten. Auf der schmalen angelegten Wasserader steuerten Familienväter mit ihren Kindern kleine Elektroboote und veranstalteten ein Wettrennen. Und noch ein Stück weiter gab es sogar eine kleine Kartbahn, die sich kurvenreich um ein halbes Dutzend Pinien schlängelte. Salah und Fabian kehrten in die Spielhölle ein und testeten zusammen einige Videospiele. Fabians anfängliche Befangenheit war nun komplett verflogen. Die beiden Jungs hatten an den Spielautomaten richtig viel Spaß miteinander und umarmten sich nach jedem erfolgreich bestandenen Level überschwänglich. Traten sie in anderen Spielen als Kontrahenten gegeneinander an, neckten sie sich, indem sie sich gegenseitig die Sicht nahmen oder den anderen mit vollem Körpereinsatz beiseiteschoben. Es ging ihnen schon gar nicht mehr um das Videospiel an sich. Das eigentliche Abenteuer lag in ihrem stetigen Körperkontakt. Nach einer schönen Zeit in der Spielhölle jagten sie sich noch eine Runde auf der Mini-Kartbahn hinterher und hoben dabei den Altersdurchschnitt gewaltig an. Salah war amüsiert, weil Fabian sogar von den kleinsten Kartfahrern überholt wurde. Jetzt verstand er, warum er ihm erzählt hatte, dass er nichts vom Autofahren halte. Eng beisammen schlenderten die beiden Jungs nun weiter in den Ortskern, wo sie nach kurzer Zeit an den großen Platz kamen, auf dem jeden Donnerstag der Wochenmarkt aufgebaut war. Der Platz war mit üppigen Orangenbäumen bepflanzt, die sich gesund nebeneinander aufreihten. Im hinteren Teil befand sich der große Brunnen, an dem sich die Einwohner jeden Abend zu einem Plausch trafen und bei einem Sherry beisammensaßen. Um den Platz gab es viele Restaurants und kleine Biergärten, sowie einige Eiscafés. Fabian machte sein Versprechen wahr und lud Salah auf eine Eisschokolade ein, die sie auf einer der Bänke unter den Orangenbäumen genossen. Aus den Bars ertönte Musik und Stimmengewirr und über ihnen ragte der wolkenlose Nachthimmel mit tausenden von Sternen, die die nächtliche Szenerie ruhend von oben betrachteten. Noch bis lange in die Nacht saßen sie unter dem Orangenbaum und erzählten miteinander. Die Sprachbarriere war längst überwunden. Immer wieder trafen sich ihr Blicke und in den Augen der beiden Jungs war dieses besondere Funkeln zu erkennen. Salah hatte den Arm leger auf die Rückenlehne der Bank abgelegt und es dauerte nicht lange, bis Fabian seine Position darin gefunden hatte. So verweilten sie stundenlang ganz nah beieinander und vergaßen die Welt.

*

In jener Nacht träumte Salah wieder von seiner Reise mit dem Wohnmobil. Sie hatten an einem einsamen Strandabschnitt gehalten und ihre Zelte aufgeschlagen. In sicherer Entfernung zum Wohnmobil hatten sie ein großes Lagerfeuer entfacht. Alle seine fünf Kinder waren um ihn herum versammelt und in seinen Armen lag Fabian und kuschelte sich an ihn heran. Wie in jedem Traum, veränderte sich auch dieser und löste sich in verwirrende Handlungsstränge auf, die scheinbar nichts miteinander zu tun hatten. Aber diese eine schöne Sequenz blieb ihm den gesamten nächsten Tag im Gedächtnis.
Fabian hatte ihm erzählt, dass er im letzten Jahr für einige Wochen mit einem Jungen zusammen war, der ihn jedoch bald für eine neue Liebe verlassen hatte. Seitdem wünschte er sich eine neue Beziehung. Seinen verliebten Blicken war es nicht schwer abzulesen, wen er gerne an seiner Seite gehabt hätte. Obwohl Salah niemals zuvor in den Sinn gekommen war mit einem Mann zusammen zu sein, war die Vorstellung einer Liebesbeziehung mit Fabian nicht völlig abwegig. Es beunruhigte ihn noch nicht einmal, dass er so empfand. Fabian war eben ein sehr liebenswerter Mensch. Er konnte sich gut vorstellen, dass noch viele Jungs ihr Herz an ihn verloren. Warum sollte seine herzliche Art dann nicht auch Salah berühren?! Vielleicht wehrte er sich aber auch nicht gegen die aufkeimenden Gefühle,

weil ihre Präsenz Balsam auf seiner verwundeten Seele waren.

Den darauffolgenden Tag bekam er Fabian nicht oft zu Gesicht. Beim Frühdienst blieb Salah vor lauter Arbeit keine Gelegenheit für einen kurzen Plausch und während seiner Mittagsschicht an der Poolbar, war Fabian mit der Surfschule unterwegs. Erst am frühen Abend kam er mit rotbraunem Gesicht vom Wellenreiten zurück und verbrachte noch die letzte Stunde vor dem Abendessen bei Salah an der Bar. Er erzählte ihm von dem Tag am Meer und lud ihn zum Grillabend der Surfschule ein. Diese veranstaltete nämlich jeden Dienstagabend für die Kursteilnehmer ein Grillen am Strand, mit Lagerfeuer und Gitarrenmusik. Häufig versammelte sich auch die gesamte Dorfjugend zu dem Fest, da dieses gute Möglichkeiten für ein emotionales Abendteuer bot. Sofort dachte Salah an seinen Traum am Lagerfeuer und fragte sich unweigerlich, ob Träume tatsächlich so schnell wahr wurden.
Das Grillfest am Strand war für die Teenager und Jungsurfer der absolute Höhepunkt ihrer Ferien. Es war der perfekte Nährboden für erste Küsse und intensive Gefühle. Alle waren unheimlich kontaktfreudig und ausgelassen. Auch Salah und Fabian saßen ganz romantisch den gesamten Abend nebeneinander und wärmten sich an den Flammen, doch ihre Intimität wurde immer wieder von den Feiernden unterbrochen.

Besonders vehement waren zwei Mädchen aus Dänemark, die einfach nicht verstehen wollten, dass die beiden Jungs kein Interesse an ihnen hatten. Die überdrehten Däninnen verhielten sich dabei so offenherzig, dass sie bald schon die Aufmerksamkeit sämtlicher Jungs auf sich zogen. Schließlich fanden sich Salah und Fabian inmitten einer Meute johlender Jungsurfer wieder, die gerade dabei waren ihre Kleider mit den Mädels zu tauschen. Salah war ziemlich enttäuscht darüber, dass er so wenig von Fabian hatte. Er hatte sich viel von dem Abend versprochen, doch nun kam er sich lächerlich vor, dass er sich im Vorfeld so intensiv darauf vorbereitet hatte. Nicht nur dass er sich stundenlang vor dem Spiegel die Haare gerichtet und sich mehrfach umgezogen hatte, hatte er sogar extra noch eine warme Weste mitgebracht, die er Fabian überlegen wollte, falls diesem kalt geworden wäre. Aber all das war nicht eingetreten. Kein gemeinsames in die Flammen starren und über ihre Träume sprechen; und auch keine tiefen Blicke oder warme Berührungen waren entstanden. Da nahm ihn Fabian plötzlich an der Hand und lotste ihn schweigend weit weg von dem Grillfest. Gemeinsam schlenderten sie den Strand entlang, bis hin zum Tretbootverleih am Ende der Bucht, wo sie auf die Liegefläche eines der schlafenden Plastikboote kletterten. Eine Weile lagen sie nur ruhig nebeneinander und sahen in den Sternenhimmel, bis sich Fabian plötzlich zu ihm rüber beugte und sanft Salahs Lippen berührte. Salah erwiderte den Kuss liebevoll. Er hatte bis dahin keine Ahnung gehabt, wie sehr er sich nach Fabians inniger Nähe gesehnt hatte. Es fühlte sich noch schöner an als mit Flor. Und selbst die leidenschaftlichen Küsse, die er mit Anselmo ausgetauscht hatte, verblassten neben Fabians weichen Liebkosungen. Seine Zunge war warm und schmeckte nach Kirschbonbons. Die engen Umarmungen elektrisierten Salah, der Fabian gar nicht feste genug an sich drücken konnte. Kein Zentimeter durfte mehr zwischen ihnen sein. Das Meer applaudierte den leidenschaftlichen Jungs mit lauten Wellenbrechern und der salzige Seewind tanzte fröhlich um ihr junges Glück. Unendlich lange dauerte ihr liebevoller Kuss und doch zerrann die Zeit wie im Flug. Als der blaue Nachthimmel nach und nach dem Morgengrau wich und das erste Sonnenlicht am Ende des Horizonts zu erahnen war, war Fabian in Salahs Armen eingeschlafen. Endlich legte Salah seine Weste schützend um ihre Leiber und genoss diesen ruhigen Moment der Innigkeit bis in die tiefe Morgenröte hinein. Noch einen kurzen Augenblick gönnte er ihnen, ehe er Fabian sanft wach küsste und mit ihm gemeinsam zum *Eden* zurückkehrte.

Ab sofort trafen sich die beiden Jungs jeden Abend. Ihre Treffen mussten einigermaßen heimlich stattfinden, damit Salah keine Probleme mit seinem Arbeitgeber bekam und die Liebesaffäre ihn schlimmstenfalls sogar die Kündigung einbrachte. Dennoch konnte nichts und niemand die Jungs davon abbringen die Eisdielen und

Strandbars aufzusuchen und bei einem Schokoeis oder einer eisgekühlten Cola über ihr junges Leben zu sprechen. Und wo passierte schon mehr ereignisreicheres im Leben als beim Umbruch vom Teenager zum Mann?! Die Zeit zu zweit war so schön und gleichzeitig so leicht. Lustiges erschien mit Fabian noch lustiger und Trauriges noch trauriger. Manchmal tummelten sie sich auch in der Spielhölle und forderten sich bei einem Videospiel zu einem Duell heraus. An anderen Tagen saßen sie in der Burgerbar und aßen einen Mitternachtssnack. Fabian trank zum ersten Mal einen Sherry und fühlte sich mächtig erwachsen. Der leichte Schwips machte die Jungs noch alberner und brachte beide zum Lachen. In der Regel endete jedoch jeder Abend an einem einsamen Ort, wo sie sich stundenlang ungestört küssten und in den Armen hielten. Ihr Lieblingsplatz war die Aussichtsplattform an den äußeren Klippen. Hier führte ein Trampelpfad durch den dichten Kiefernwald bergauf, was nachts auf dem unbeleuchteten Weg unheimlich tückisch war. Daher waren nur wenig andere Menschen dazu bereit, diese Strapaze auf sich zu nehmen. Oben angekommen machten es sich die Beiden dann auf einem großen Findling bequem. Die Aussicht auf die Bucht und das offene Meer war atemberaubend. Sie waren gleichzeitig vollkommen allein und doch tummelte sich in den beleuchteten Restaurants und Hotels zu ihren Füßen das Leben. Welch erhabener Anblick. Zwei Dutzend Segelyachten schlummerten in der seichten

Meeresbucht. Beständig schaukelten ihre Mastlichter sanft über den Schiffen, während sich die Jungs liebevoll in den Armen lagen und ihre gegenseitige Nähe genossen.

„Ich möchte, dass du mich berührst.", schlug Fabian eines Abends seinem Freund plötzlich vor und streichelte sich dabei vielsagend über seine Jeans. Bislang waren sie noch nie so weit gegangen, auch wenn Salah sich schon oft vorgestellt hatte, noch intimer mit Fabian zu werden. In seinen Träumen hatte er ihn bereits des Öfteren behutsam geliebt. Nun waren seine Finger zittrig vor wohliger Aufregung, als er die Knöpfe von Fabians Hemd öffnete. Zärtlich küsste er ihm den weichen fast nicht vorhandenen Flaum seiner Bauchbehaarung hinab. Dabei stellten sich die feinen Härchen in die Höhe. Ehrfürchtig beobachtete Salah die Reaktion seiner Berührungen. Die Situation war für beide Jungs sagenhaft aufregend. Zaghaft erkundeten sie sich gegenseitig mit den Fingerspitzen. Salah fühlte eine angenehme Hitze zwischen seinen Beinen aufsteigen und spürte, wie eng es ihm in der Hose wurde. Es war deutlich zu ersehen, dass Fabian ähnlich fühlte. Ein erstaunlich großer Wulst wölbte sich quer die Lenden entlang und drückte schwer gegen den Stoff seiner Hose. Beim Anblick des beachtlichen Ausmaßes erschrak Salah plötzlich. Wo ihn zuvor noch liebevolle Impulse durchflutet und Fabians Berührungen kleine Feuerwerke auf seiner Haut entfacht hatten, rann ihm nun kalter Schweiß hinab. Auf einmal war diese Unruhe

wieder da, dieses tiefe schwarze Loch, das ihn drohte zu verschlingen. Er erkannte, dass direkt vor seinen Augen das Wunderwerkzeug pulsierte, welches er so lange gesucht hatte. Und gleichzeitig erschrak er darüber, dass alle Nähe und Intimität einer grotesken Geilheit auf Fabians Schwanz gewichen waren. Von der plötzlich veränderten Intensität seiner Lust geschockt, rollte sich Salah von Fabian ab.
„Nicht aufhören.", bat dieser. „Es ist zu schön!" Salah blickte seinen Freund jedoch nur gehemmt aus tiefbraunen Augen an. Sein innerer Konflikt hatte ihn feste im Würgegriff. Fabian rückte näher zu ihm auf, so dass sein Atem, einem warmen Strom gleich, sanft über Salahs Wangen floss. Mit einem frechen Grinsen öffnete er ihm die Hose und berührte ihn liebevoll zwischen den Beinen, doch Salah fand sich inmitten eines Gedankengewirrs wieder und konnte die Zärtlichkeiten gar nicht mehr erfassen. Er dachte an Konstantin und wie er ihm aus niederen Beweggründen beinahe das Leben zerstört hatte. Der Mann hätte seine gesamte Existenz für ein Leben mit ihm aufgegeben, dabei war es Salah lediglich um seine eigene Errettung gegangen. Drohte er womöglich Fabian dasselbe anzutun? In diesem Moment konnte er nicht mehr auseinanderhalten, ob er die Nähe aus ehrlicher Zuneigung wollte, oder ob er Fabian allein seiner prächtigen Ausstattung wegen benutzte.
„Stopp!", schnaubte er keuchend und atmete einen Moment tief durch. „Lass uns warten."

„Wieso? Was hast du? Ich dachte du willst es auch?!", verstand Fabian Salahs Reaktion nicht.
„Und ob ich dich will. Ich will dich sogar mehr, als du es dir vorstellen kannst.", sprach er die Wahrheit und blickte traurig drein. Für Fabian war die Situation jedoch so undurchsichtig, dass eine beängstigende Unsicherheit in ihm aufstieg. Als Salah dies bemerkte entschloss er sich ihm anzuvertrauen und erzählte ihm seine ganze Geschichte. Er berichtete von der Zeit als käuflicher Liebesdiener und von der Nacht im Gewölbekeller, die ihn nachhaltig verändert hatte. Obwohl er befürchtete Fabian würde ihn danach nie mehr so liebevoll ansehen, wie zuvor, gestand er ihm seinen Drang sich mit einem gewaltigen Schwanz zu vereinen, sowie den zuletzt gescheiterten Versuchen bei der Umsetzung, bis hin zu der Gewissheit einem der Herren das Herz gebrochen zu haben. Doch Fabian reagierte sehr verständnisvoll. Salahs Beichte hatte ihn mitten im Herzen berührt. Er fand keine richtigen Worte des Trosts, aber er drückte seinen Freund feste an sich und ließ ihn nicht mehr los. In dieser Nacht waren sich die beiden Jungs vertrauter als je zuvor. Ihre Herzen waren voller Liebe und Zusammenhalt getränkt. Fabian fühlte noch mehr Zuneigung als in seiner ersten Beziehung mit Elias. Und dennoch waren seine Emotionen kaum mit denen von Salah zu vergleichen. Zum ersten Mal seit dem Missbrauch von Mr. Alexej, fühlte er sich nicht mehr allein gelassen mit seiner Geschichte. Dass er sich Fabian anvertrauen konnte,

ohne von ihm verurteilt zu werden, war eine riesige Erleichterung. Fabians mitfühlende Zuwendung verschloss zum ersten Mal einen Teil der Wunde, die er selbst hatte nicht heilen können. Er konnte nun ernsthaft anfangen seine Geschichte zu akzeptieren und die Last der Scham zu ertragen.

„Ich möchte mit dir schlafen.", flüsterte Fabian seinem andalusischen Freund ins Ohr. Er hielt ihn immer noch fest umschlungen und streichelte mit den Fingern sanft durch sein dichtes Haar.

„Ich möchte das auch.", gestand Salah und eine Träne kullerte ihm über die Wange. „Aber nicht heute. Heute ist es gut, so wie es ist.", schmiegte sich Salah noch näher an Fabian ran und sog mit einem tiefen Atemzug dessen Duft in sich auf.

*

Die nächsten Tage mit Fabian waren einfach nur schön. Salah fühlte sich seit seinem Geständnis im Pinienwald ohnehin gelöst und wenn Fabian dann nach dem Surfunterricht bei ihm an der Poolbar stand, hüpfte sein Herz voller Freude. Er mixte seinem Freund sogleich einen Fruchtcocktail und garnierte diesen mit besonders viel Melone, weil Fabian diese so gerne mochte. Gleich nach dem Abendbüfett trafen sich die beiden Jungs. Immerhin hatten sie den gesamten Tag sehnsüchtig aufeinander gewartet. Sie gingen jetzt fast überhaupt nicht mehr an die belebten Burgerbars und mieden ebenfalls die stark frequentierte Spielhölle. Sie hatten nur noch Interesse daran ihre begrenzte Zeit in intimer Zweisamkeit zu verbringen. Hierzu suchten sie sich gerne einsame Flecken am Strand – doch auch dort wurden sie zu oft von Spaziergängern oder anderen Liebespaaren gestört. Manchmal nahmen sie auch den langen Weg zu ihrem Aussichtsplatz auf sich. Hier waren sie für gewöhnlich ungestört und der Ausblick war phänomenal, aber der anstrengende Weg dahin beanspruchte zu viel Zeit. Und da sie spürten, dass diese nur begrenzt war, hatten sie den Aussichtsplatz zum Schluss kaum noch besucht. Am liebsten wären sie sich direkt vor dem Hotel in die Arme gefallen und hätten sich energisch abgeküsst, aber das war für Salah natürlich unmöglich. Die Konsequenzen der Enttarnung hätten zu weitreichende Folgen gehabt und ihre aufblühende Liebe endgültig beendet. Sie mussten also vorsichtig bleiben. Trotz ihrem gemeinsamen Wunsch, endlich miteinander zu schlafen, war es noch nicht so weit gekommen. Salah wünschte sich, dass ihr erstes Mal etwas Besonderes werden würde und wartete auf eine angemessen respektvolle Situation. Ihm fiel es allerdings immer schwieriger Fabian nicht auf der Stelle zu nehmen. Ihre Küsse und Berührungen waren lange nicht mehr so zaghaft wie zu Anfang und erforschten neugierig immer neues Territorium. Wenn Salah dann am frühen Morgen nach Hause kam und aus seinen Shorts glitt, waren diese regelmäßig von schweren Liebestropfen durchnässt – so erregend waren die Nächte mit Fabian. Obwohl es schwierig war ihm zu widerstehen, war die Zeit, in der ihre Intimität reifte, angemessen, befand Salah. Schließlich verzehrte er sich nicht nur nach Fabians inniger Zuwendung, sondern noch vielmehr nach seiner warmherzigen Gesellschaft. Die beiden Jungs offenbarten sich jede Nacht ihre Schwärmereien und träumten sich eine gemeinsame Zukunft zusammen. Sie hörten einander an, brachten sich zum Lachen oder Nachdenken und reiften aneinander. Dazwischen tauschten sie immer wieder liebevolle Zärtlichkeiten aus. Salah hatte auch ganz offen von seiner Freundin in Malaga berichtet. Er wusste, er konnte Fabian alles beichten, ohne von ihm verurteilt zu werden. Er berichtete ihm von seinen Sorgen, wie das Leben wohl werden würde, wenn er nach Hause zurückkehrte. Er erzählte auch von seinen

Fantasien mit dem Wohnmobil und wie Flor geweint hatte. Er beichtete ihm, dass er sie im Schlaf durch Fabian ersetzt hatte und wie schön dieser Traum gewesen war. Obwohl Fabian nicht gerne über Flor nachdachte, gab er Salah Rat. Er kam einigermaßen mit seiner Eifersucht zurecht. Malaga und Flor waren ein ganzes Leben weit entfernt. Seine Beziehung mit Salah hingegen war unmittelbar. An etwas anderes wollte er nicht denken.

Nach ein paar Tagen der vollkommenen Zweisamkeit wünschten sich die Jungs nun endlich intimer zu werden. Ihr inniges Kuscheln reichte ihnen schon lange nicht mehr aus. Salah entschied daher Fabian in sein Appartement mitzunehmen. Natürlich durfte sie niemand dabei erwischen. Urlaubsgäste waren im Personalwohnkomplex strengstens verboten und beim Verstoß rigoros geahndet. Sie mussten also sehr vorsichtig sein. Am frühen Abend lungerte Fabian also völlig *unauffällig* vor dem Eingang zum Personaltrakt, der sich durch die deutlich unschmuckere Fassade kennzeichnete. Die Abendanimation war währenddessen in vollem Gange und zog ihre Zuschauer in den Bann. Das Personal hatte alle Hände voll damit zu tun den Urlaubern ihre Getränkewünsche zu erfüllen, daher nahm kaum einer Notiz von Fabian. Salah sicherte währenddessen den Innenhof des Personalbereichs ab und gab von seinem Appartement aus Zeichen, sobald die Luft rein war. Nervös trippelte

Fabian auf den Beinen hin und her und schaute
verstohlen die Fassade hinauf, wann Salah ihm endlich
das Signal gab. Im Geiste lief er den Weg ab, den er
zuvor beschrieben bekommen hatte. Er wollte seinem
Freund auf keinen Fall Schwierigkeiten bereiten. Fabian
hatte sich zwar eine Ausrede überlegt, die er im Bedarf
nutzen konnte, allerdings bezweifelte er, dass man ihm
Glauben schenken würde. Die Leidtragenden waren wie
immer die Angestellten, die die Konsequenzen
ausbaden mussten. In unregelmäßigen Abständen
öffnete sich der Zugang zum Personalkomplex, einige
Angestellte passierten an ihm vorüber und waren
alsbald außer Sichtweite. Lediglich zwei
Küchenangestellte blieben plötzlich in seiner Nähe
stehen und redeten sich gegenseitig in Rage.
Ausgerechnet diese beiden Männer kannte Fabian aus
dem Speisesaal, wo sie sich regelmäßig um das Büfett
kümmerten. Als sie ihn bemerkten grüßten sie nickend
zu ihm hinüber. Fabian fühlte sich sofort enttarnt.
Sicherlich ahnten sie welche Absichten er verfolgte. Er
wagte kaum zu atmen. Ausgerechnet jetzt gab Salah von
der Balkonbrüstung das Zeichen zu ihm rauf zu
kommen. Abwechselnd blickte Fabian zu den
Küchengehilfen und wieder zurück zum Eingang. Sein
Herz schlug verräterisch laut. Er wagte kaum das Risiko
einzugehen, doch er wünschte sich so sehr endlich allein
mit Salah zu sein, dass er schließlich binnen eines
kurzen Augenblicks durch den Eingang glitt und sich
mit schweißnassen Händen im Personaltrakt

wiederfand. Lautlos huschte er durch die dämmrigen Gänge. Vor jeder Biegung befürchtete er jemandem in die Arme zu laufen und mit jedem Geräusch drohte eine Zimmertür aufzuspringen. Fünf Stockwerke musste Fabian bewältigen, dann sah er endlich Salah, der mit freiem Oberkörper kess am Zimmereingang lehnte.
„Du hast Wasserperlen auf der Stirn.", begrüßte er Fabian mit einem zuckersüßen Lächeln.
„Ich weiß.", lachte Fabian, bei dem sich die Anspannung der letzten schlimmen Minuten schlagartig verflüchtigte. „Ich war ja auch scheiseaufgeregt!"
„Wir haben es geschafft. Hier sind wir sicher und vollkommen ungestört.", kam Salah auf ihn zu und streichelte Fabians flaumige Wange, die sich sofort in seine Hand schmiegte. Fabian fühlte sich in dem kleinen Appartement seines Freundes gleich wohl. Es war nicht größer als das Hotelzimmer, das er bewohnte, und ebenso rudimentär ausgestattet. Lediglich eine kleine Kochecke und ein hölzerner Küchentisch hatten Kofferablage und Schreibtisch ersetzt. Außerdem gab es nur eine kleine Dusche, statt der Badewanne, die standartmäßig in allen Gästezimmern eingebaut war. Am Ende des Raums war ein kleiner Balkon angebracht. Fabian liebte Salahs kleines Zuhause. Auf der Fensterbank streckten sich einige silberne Kakteen dem Licht entgegen. Eine bunte Kaffeedose, mit orientalischen Ornamenten und ein silberner Espressokocher standen ordentlich daneben. Fabian stellte sich vor, wie Salah morgens vor der Arbeit darin

seinen Kaffee aufbrühte. Da er selbst keinen Kaffee trank, wirkte das ziemlich erwachsen auf ihn. Und so entdeckte er in dem Raum noch mehr kleine Besonderheiten, die von Salahs Alltag berichteten. Hier konnte er sich sehr leicht vorstellen, wie ihr gemeinsames Leben aussehen würde. Salah hatte eine dämmrige Atmosphäre geschaffen und den kleinen Raum lediglich mit der Nachttischleuchte und drei Teelichtern auf der Fensterbank erhellt.
„Nimm dir eine Cola aus dem Kühlschrank.", rief er über die Schulter und ließ über einen Musiklautsprecher spanisches Chillout erklingen.
„Schon passiert.", ließ sich Fabian aufs Bett plumpsen. Er hatte mittlerweile ebenfalls sein Shirt ausgezogen und trug nur noch seine Sporthose. Er fühlte sich sichtlich zu Hause.
„Hey, wer ist das denn?", hielt Fabian einen plüschigen Teddy in die Höhe.
„Fredo... Eine Erinnerung an Malaga.", antwortete Salah etwas verlegen. Mit diesem Bären hatte er seit Kindertagen gespielt und Flor hatte ihm geraten ihn doch mitzunehmen, damit jemand auf ihn aufpasste.
„Süß!", kuschelte sich Fabian sofort an den flauschigen Teddy. Bei dem Anblick kribbelte es Salah warm in der Brust. Vorsichtig legte er sich neben die beiden und schmiegte sich an Fabians warmen Hals. Ein lauer Abendwind blies kühle Luft in das warme Zimmer und streichelte zart über ihre empfindsame Haut. Mit sanftem Druck zog er Fabian zu sich und öffnete seine

Lippen. Gleich nach den ersten zarten Küssen fiel Salahs Aufregung ab. Er rollte sich über seinen Freund und bedeckte ihn mit jedem Zentimeter seiner Haut. Beide Jungs reagierten sensibel darauf und drückten sich noch fester aneinander. Salah vergrub seine Hände in Fabians dicken Locken und schnaubte ihm lustvoll ins Gesicht.

„Ich will dich jetzt. Heute muss es unbedingt sein.", hauchte ihm Salah heiß zu und rollte seine Unterhose ab.

„Ja, ich will es auch unbedingt.", streifte auch Fabian seine letzte Kleidung vom Leib. Einen Moment lang betrachteten sie sich in ihrer vollen Nacktheit, ehe sie sich wieder aufeinander warfen. Ihre Hände erforschten einander und ihre Lippen kosteten endlich die letzten noch unbekannten Zonen. Obwohl sie so gierig waren, nahmen sie sich viel Zeit für all ihre schönen Berührungen und Liebkosungen. So nah waren sie sich bislang noch nie gekommen. Fabians Körper duftete an jeder Stelle anders und jede einzelne Note törnte ihn unheimlich an. Salah erforschte seinen Freund mit den Händen und der Haut, mit dem Penis und der Zunge. Er rieb sich über weiche und muskulöse Zonen, glitt über Sommersprossen und Pickel, küsste behaarte und weniger behaarte Regionen. Er sog Fabian mit allen Sinnen in sich auf und dieser entfachte Feuerwerke in seinem Kopf und zuckende Blitze zwischen den Beinen. Und auch umgekehrt ließ er sich von Fabian erforschen und liebkosen und das machte ihn noch verrückter.

„Zieh das an.", streckte Fabian ihm mit dem Blick eines jungen Welpen ein Kondom entgegen. Salahs Muskel zuckte pulsierend auf. Er schluckte schwer.
„Wo hast du dein Gleitgel?", wollte Fabian wissen.
„Hä?" Salah hatte daran gar nicht gedacht und war überhaupt nicht mit Gleitmittel ausgestattet.
„Aber es geht doch auch so.", dachte er an seine Erfahrung im Gewölbekeller. Er war damals so willig gewesen, dass Mr. Alexej keine Hilfsmittel gebraucht hatte, um in ihn einzudringen. Schweiß, Spucke und Liebestropfen hatten ausgereicht.
Er legte sich Fabians Beine auf die Schultern und streichelte vorsichtig mit seinen Fingern über den runden Eingang. Fabian reagierte mit einer Gänsehaut auf den Pobacken. Spielerisch leicht glitt er mit dem Mittelfinger in Fabians Höhle und dehnte sanft die sensible Poöffnung. Fabian warf den Kopf zurück und keuchte laut. In seiner Atmung lag Lust und eine Prise Anstrengung. Nach und nach öffnete er ihn ein Stückchen mehr, bis er mit den Fingern schließlich genug Spielraum geschaffen hatte, um sich selbst einzuführen. Er streifte das Kondom über seinen angeschwollenen Penis und drückte ihn vorsichtig und gleichwohl unnachgiebig zwischen Fabians Pobacken. Sie brauchten einen Moment, bis Salah den Eingang passiert hatte. Fabian hatte laut gestöhnt und das Gesicht verzogen, doch nun entkrampfte sich sein Ausdruck zusehends. Mit sanftem Druck versank Salah Stück für Stück in Fabian, bis dieser ihn schließlich in

voller Größe in sich spürte. Nachdem er nun vollkommen in Fabian steckte, überlief ihn ein Kribbeln bis in die äußerste Peripherie seines Körpers. Er legte sich auf seinem Freund ab und küsste ihn liebevoll. Erst nach einer Weile wagte Salah die ersten zarten Bewegungen seiner Lenden. Anfangs war Fabian noch ganz eng, doch nach kurzer Zeit öffnete er sich merklich. Geschmeidig und kraftvoll schob Salah sich immer wieder in die warme Höhle. Heiß stöhnten sich die Jungs einander an und auch das Bett kommentierte ihre lustvolle Liebe mit einem anerkennenden Quietschen und Knarzen. Es dauerte nur wenige Minuten, bis sie sich lautstark übereinander ergossen. Erschöpft schliefen sie aufeinander ein, bis sich Salah nach einer Weile erhob und einen Kaffee aufsetzte. „Das war wunderschön!", schwärmte Fabian, als sie sich mit ihren Kaffeetassen zuprosteten. Er hatte sich zur Feier des Tages ebenfalls eine Tasse gegönnt. Der Geschmack war zunächst gewöhnungsbedürftig, aber nach ein paar Schlucken fühlte er sich ebenso erwachsen wie sein Freund. „Es war mein erstes Mal.", beichtete er Salah seine Jungfräulichkeit. „Und ich bin froh, dass du es warst!", sah er ihn mit seinem liebevollen Welpenblick an. Es war auch Salahs erstes Mal. Natürlich hatte er schon dutzende Male mit Flor geschlafen, aber der Liebesakt mit Fabian war damit nicht zu vergleichen. Er hatte sich viel reifer und freier gefühlt und ihre doppelte Männlichkeit hatte ihm

zusätzliche Kraft und Sicherheit verliehen. Fabian hatte ihn wahrlich zu einem ganzen Mann gemacht.
„Jetzt habe ich aber Hunger. Hast du etwas da?", wühlte Fabian in dem einzigen Küchenschrank und kramte ein Päckchen Nudeln hervor. „Hey, soll ich uns die machen? Ich bin der beste Nudelkocher Deutschlands.", juxte er. Und mitten in der Nacht mixten sich die beiden Jungs aus allen verwertbaren Resten, die sie in Salahs Appartement finden konnten, eine Nudelpfanne mit Zwiebeln, Oliven und Tomaten. Es war schön gemeinsam zu kochen. Beide Jungs befanden sich in einer gelösten und unheimlich vertrauten Stimmung. Es wirkte beinahe, als wohnten sie tatsächlich gemeinsam in dem kleinen Appartement. Ihre Träume hatten sich ganz einfach so in Realität verwandelt. Hier aßen sie Nudeln, tranken Kaffee, schliefen miteinander – ein ganz normales Zuhause. Dass die Kirchenglocke vom großen Platz bereits drei Uhr schlug, war ihnen einerlei. Die Nacht war viel zu heiß zum Schlafen - *una noche caliente*. Ein weiteres Mal brachten sie das Bett zum Knarren und stöhnten heißen Atem in die Nacht. Und als sie am frühen Morgen schließlich zusammen unter der Dusche standen übermannte sie die Lust zum dritten Male.
„Es ist schon hell. Du musst nun langsam aufbrechen.", stellte Salah wehmütig fest, als die ersten Sonnenstrahlen sein Fenster küssten. „Aber vorsichtig: Um diese Zeit ist das Küchenpersonal schon lange ausgeschlafen. Es wird schwierig sein, dich

rauszulotsen." Sie hatten leider die Zeit aus den Augen verloren und in den Gängen waren schon viel zu viele Bedienstete unterwegs, die mit müden Augen zu ihrer Arbeitsstelle schlurften. Eine Weile horchten die beiden Jungs an der Tür und spähten immer wieder nach draußen, aber es verging kein Moment, an dem nicht einer seiner Kollegen zu sehen war. Je länger die Jungs warteten, desto mehr stieg der Geräuschpegel auf den Gängen an und schließlich drängte die Zeit auch Salah, wenn er nicht zu spät zu seiner Schicht erscheinen wollte.

„Es bringt alles nichts. Ich muss nun los, damit ich keinen Ärger bekomme.", trippelte er nervös von Fuß zu Fuß. „Bleib am besten hier. Gegen acht Uhr wird es etwas ruhiger werden, dann kannst du ungesehen gehen. Ich kann leider nicht länger hier bei dir bleiben. Ich bin schon zu spät dran.", richtete sich Salah die Arbeitskleidung zurecht. Aus ihm war wieder der höfliche Kellner geworden, der die Urlauber mit frischem Kaffee versorgte und ihnen das dreckige Geschirr wegräumte.

   Mit knapp zehn Minuten Verspätung hechtete Salah in den Speisesaal, wo ihn sein Chef mit einem strengen Blick begrüßte.

„Verzeihen Sie bitte meine Unpünktlichkeit. Es wird nicht wieder vorkommen.", entschuldigte er sich reumütig. Während seiner gesamten Zeit im *Eden* war er noch nie zu spät zum Dienst angetreten. Selbst wenn

er die Nächte mit seinen Kollegen durchgefeiert hatte, war auf sein pünktliches Erscheinen immer Verlass gewesen.
„Sehen sie es ihm nach.", mischte sich Ramon, ein weiterer Angestellter, lachend ein. „Salah hat doch schon die ganze Nacht schwer gearbeitet...", zwinkerte er ihm schadenfroh zu. Salah verlor mit einem Schlag sämtliche Gesichtsfarbe. Sie waren ertappt worden. Sein Kollege wusste genau über sie Bescheid. War Fabian gesehen worden? Oder hatte er sie beide lediglich gehört? Soweit Salah wusste, bewohnte Ramon das Zimmer direkt unter seinem. Sein Chef ging jedoch auf die vielsagende Bemerkung seines Kollegen glücklicherweise nicht ein. „*Venga* - an die Arbeit.", schob er Salah ärgerlich beiseite und schwebte leichtfüßig davon. Der Morgen unterschied sich ansonsten nicht von den anderen. Stoisch deckte Salah Tische ein und wieder ab und begrüßte freundlich die Gäste. Auch Fabians Familie hatte sich bereits an einem der größeren Tische zusammengetan. Als er zu ihnen kam, begrüßten sie ihn herzlich und erkundigten sich nach Fabian.
„Es ist gestern wohl spät geworden bei euch beiden?", lachte der Vater und sah auf seine Armbanduhr. „Wenn Fabian nicht bald erscheint, verschläft er noch das Frühstück.", lächelte er ahnungslos. Salah senkte den Blick und antwortete ausweichend. Er fühlte sich schon den gesamten Morgen schrecklich unwohl. Es hatten noch mehr Kollegen von ihrer stürmischen Nacht Notiz

genommen und einige hatten ihm beim Vorbeigehen anerkennend auf die Schulter geklopft. Dass ihr kleines Geheimnis so schnell gelüftet war, empfand er bedenklich. Er hoffte inständig, dass niemand Fabian erkannt hatte. Dabei ging es ihm nicht nur darum, die unschönen Folgen seines Regelverstoßes zu vermeiden, vielmehr wollte er Fabian den Ärger ersparen, den er von seinen Eltern zu erwarten hatte, wenn diese von ihrem unzüchtigen Treiben Kenntnis erlangten. Er musste ihn unbedingt vorwarnen. Diese Notiz setzte er sich im Geiste sogar noch vor: *Dringend Gleitgel besorgen.* Da kam auch schon Fabian um die Ecke in den Speisesaal geplatzt. Er sah so hübsch aus. Die Jungs begrüßten sich flüchtig, aber ihr verräterisch glückseliges Lächeln sprach Bände. Fabian signalisierte Salah mit einem *Daumen hoch*, dass er ungesehen den Personaltrakt verlassen hatte. Erleichterung machte sich breit.

Erst am Nachmittag hatten Salah und Fabian die Gelegenheit sich ungestört zu unterhalten. Sie trafen sich ein Stück weit vom Hotel entfernt und nachdem sie sich vergewissert hatten, dass niemand in der Nähe war, den sie kannten, begrüßten sie sich mit einem Kuss und einer innigen Umarmung.
„Meine Kollegen haben uns gestern Nacht gehört.", platzte Salah sofort mit den Neuigkeiten heraus. Sie schlenderten gerade die Allee zum Supermarkt entlang. Sie hatten am Mittag ausgemacht bei *Mercadona* Salahs

Vorräte aufzufrischen. Fabian hatte sich schon den ganzen Tag darauf gefreut mit seinem Freund zusammen durch die Regale zu schlendern, um für die nächste gemeinsame Nacht einzukaufen. Und wenn sie dann später am Abend frisch gebumst hatten, würden sie gemeinsam ihre Einkäufe zu einem leckeren Menü verkochen, um sich für eine weitere Runde Sex zu stärken. War das nicht ein wunderbares Leben? Doch schon drohte Salahs Neuigkeit ihr junges Glück zu gefährden.

„Oh shit. Und was haben sie gesagt?", erstarrte Fabian.
„Ich glaube nicht, dass sie etwas weiter sagen werden. Aber es ist allen bekannt, dass ich Sex hatte. Sie haben uns offensichtlich gehört."
„Das glaub ich gern.", kicherte Fabian nun etwas erleichtert. „Du hast ja auch geschnaubt wie ein Stier in der Brunftzeit.", streichelte er Salah liebevoll über den Nacken.
„Du warst auch nicht gerade leise... *Oh ja... Salah, oh jaaaa...*", imitierte er Fabian - sichtlich stolz über seine Leistung. Für seine Parodie erntete er allerdings gleich einen Knuff in die Hüfte.
„Aber dann ist es ja nicht so schlimm, oder?", kam Fabian aufs eigentliche Thema zurück.
„Ich weiß es nicht. Die Kollegen machen sich ein Spaß daraus, mich in Verlegenheit zu bringen und waren etwas übermütig. Aber ich denke im Grunde wissen sie, dass ich einen riesigen Ärger bekomme, wenn sie zu offensichtlich werden. Das würde mir keiner absichtlich

antun." Salah hatte sich schon den ganzen Tag darüber Gedanken gemacht. Natürlich würde ihn niemand bei den Vorgesetzten verraten wollen. Das Verhalten seiner Kollegen war dennoch ein Risiko. Sie waren einfach zu unvorsichtig und selbst sein Chef konnte sich nun an einer Hand abzählen, dass Salah in der Nacht zum Stich gekommen war. Sie würden in Zukunft etwas vorsichtiger sein müssen.

Der gemeinsame Einkauf mit Fabian brachte ihn bald auf andere Gedanken. Der *Mercadona* war die einzige größere Einkaufsmöglichkeit in ihrer Umgebung. Ansonsten gab es in dem kleinen Dorf ein paar Tante-Emma-Läden, sogenannte *Tiendas*, deren Sortiment für das alltägliche Leben ausreichte, die Preise jedoch etwas höher waren. Sie nahmen sich einen Einkaufswagen, der sich von Regal zu Regal stetig füllte. Neben etwas Obst und feurigen *pimientos* fand man bereits Oliven, Käse, Sardinen und einiges mehr, das man für einen spanischen Mitternachtssnack benötigte.

Zufälligerweise war bei den Spirituosen eine kleine Weinbar aufgebaut, an dem eine dicke Verkäuferin die Kunden mit Kostproben abfüllte. „Komm, lass uns auch mal probieren.", schoben die Jungs gemeinsam ihren Einkaufswagen auf die Verkäuferin zu, die das junge Glück rührselig anlächelte.

„Möchten sie testen?", schenkte sie bereits fleißig Rotwein in zwei Plastikbecherchen. Salah und Fabian nippten zurückhaltend und stimmten sich über reinen Blickaustausch miteinander ab. Fabian verzog kaum merklich das Gesicht. Dieser Wein schmeckte ihnen nicht. Salah unterhielt sich mit der Verkäuferin auf Spanisch, da diese nicht sehr gut deutsch sprach und kurz darauf schenkte sie einen noch dunkleren tiefroten Wein ein. Wieder hoben die Jungs zum Test ihre Becher an und die Bilanz fiel bei beiden freundlicher aus. Wohlwollend nickten sie sich zu. Die Angestellte erzählte Salah noch einige Details zu dem Wein und seiner Hanglage und Salah übersetzte seinem Freund die wichtigsten Fakten. Sie entschieden sich eine Flasche mitzunehmen und die tüchtige Frau bedankte sich mit einem offenen Lächeln und den besten Wünschen für den Abend. Die Begegnung mit der netten Weinverkosterin machte die Jungs ganz fröhlich. Es war schön von ihr als Paar wahrgenommen zu werden und vor allem hatte sie sich so offen über ihre junge Liebe gefreut. Diese Erfahrung war für beide ein wahnsinnig toller Moment gewesen.

Als sie ihren Einkaufswagen allmählich zur Kasse schoben, zupfte Fabian Salah am Shirt und signalisierte ihm zu stoppen. Sie befanden sich gerade in den Gängen der Hygieneabteilung.

„Schau mal.", deutete er mit dem Finger auf eines der Regale. Salah folgte dem Fingerzeig und erspähte eine Reihe Kondome. „Lass uns davon noch welche mitnehmen.", schlug Fabian vor. Sie sahen sich einige Exemplare an und beratschlagten sich, welche der Kondome wohl am geeignetsten für sie waren.

„Vielleicht sollten wir aber auch noch ein paar von

denen mitnehmen.", regte Salah an, nachdem sie bereits eine Handvoll Gummis in den Wagen geworfen hatten. Er deutete auf die Übergrößen.
„Du meinst... du willst auch... von mir...", begriff Fabian, auf was sein Freund anspielte.
„Ja.", antwortete Salah flüsternd. „Ich möchte dich in mir spüren!", glänzten seine Augen bei dem Wunsch.
„Du traust dich aber was.", grinste Fabian frech. Er wusste, dass seine Größe eine Herausforderung für Salah werden würde. „Dann packen wir aber auf jeden Fall noch etwas davon ein.", griff er nach einer Tube. Salah erkannte an dem Schriftzug, dass es sich um ein Gleitmittel handelte und grinste verschämt.
„Dann wissen die Leute doch, dass wir...", brach er ab und sah sich in alle Richtungen um.
„Ja, das werden sie sich ohnehin denken, bei dem Vorrat an Gummis. Und sie werden bestimmt vor Neid platzen...", lachte Fabian über die Verlegenheit seines Freundes.
Und als der Kassierer schließlich einen Artikel nach dem anderen über das Band zog, war dem gesamten *Mercadona* klar, dass den Jungs ein schöner Abend bevorstand. Beschwingt trugen sie ihre Besorgungen zurück zum Hotel und waren erstaunt, wieviel Freude ihnen ein banaler Einkauf gemacht hatte.

*

Jeden Abend aufs Neue schlich sich Fabian heimlich durch die Gänge zu Salahs Zimmer. Beim abendlichen Büfett nahm er nur widerwillig teil – die Zeit, die er dort vergeudete, hätte er lieber mit Salah verbracht. In der Regel stillten die Jungs zuallererst ihre Lust, wenn Fabian angekommen war. Es dauerte meist nicht lange bis sie sich stöhnend übereinander ergossen. Danach lagen sie gewöhnlich noch eine ganze Weile eng umschlungen beieinander und lauschten der Akustik des Abends. Salah fühlte sich dabei immer derart wohlig und geborgen, dass er jedes Mal für ein paar Minuten weg knackte. Alles lief so natürlich ab und war wunderschön. Sie duschten gemeinsam, sie kochten, sie teilten sich ihre erste Flasche Rotwein zusammen und wurden daraufhin schrecklich albern und Salah nahm seinen Freund jede Nacht zwei bis dreimal von hinten – so respektvoll und geschmeidig, wie beim ersten Mal.
„Wollen wir es heute mal andersherum probieren?", flüsterte Salah Fabian seinen Wunsch zu. Sie waren auf dem Balkon gesessen, hatten ins Dunkel hinausgeschaut und waren gerade dabei ihre Lebensgeister mit einer Tasse Kaffee in Schwung zu bringen. Obwohl sie sich erst eine knappe Stunde zuvor kraftvoll entladen hatten, war Salah noch spitz. Den gesamten Tag hatte er sich schon vorgestellt, wie Fabian ihn von hinten liebte. Seitdem stimulierte diese Vorstellung seine Libido. Außerdem drängte ihn die wenige Zeit, die er noch mit

ihm zusammen verbringen konnte, denn es verblieben nur noch wenige Tage, ehe Fabian den Rückflug nach Deutschland antrat.

„Das wäre schön!", schwärmte dieser zurück. Fabian hatte in der kurzen Beziehung mit seinem Ex-Freund nicht viele Erfahrungen sammeln können. Sie waren beide noch zu jung gewesen und bereits wieder getrennt, ehe sie voneinander lernen konnten. Natürlich hatte er schon die ein oder andere gemeinsame Wichs-Erfahrung mit seinen Kumpels gesammelt und mit seinem Ex sogar Oralverkehr ausprobiert. Elias hatte sich jedoch schon nach kurzer Zeit wieder getrennt und war bald darauf mit einer Freundin liiert, während Fabian sich weiterhin in Boys verliebte, was meist einseitig verlaufen war. Und heute war er froh darum, dass Salah sein wahrer Erster sein würde. Obwohl ihre gemeinsame Zeit nur kurz sein sollte, war Salah doch seine bedeutendste Erfahrung. Ihre Liebe ging wahrhaftig tief, trotzdem würden sie die knapp zweitausend Kilometer Distanz zwischen München und Malaga kaum überbrücken können. Das machte Fabian heute zum ersten Mal ein wenig sentimental. Dass Salah ihn in sich spüren wollte, berührte ihn hingegen und erfüllte ihn sogar ein wenig mit Stolz. „Dann komm mit...", zog er Salah sanft an der Hand zurück ins Zimmer. Eine Weile standen sie nur vor dem Bett, hielten sich gegenseitig mit festen Armen und wogen im Takt einer nicht vorhandenen Musik. Fabian streichelte Salah durchs dunkle Haar. Er fühlte sich unglaublich aufgeregt, aber glücklich. Mit eben diesen Emotionen würde er gleich in Salah hinein gleiten. Die Jungs zogen sich gegenseitig die Unterwäsche aus und mit sanftem Nachdruck dirigierte Fabian seinen Freund zum Bett, auf dem sich der junge Spanier erwartungsvoll ablegte und sich mit tausenden Küssen verwöhnen ließ. Endlich war Fabian in Salahs intimster Zone angekommen und küsste sanft über Muskeln und Schwellkörper, den Schaft hinunter, weiter die geschwollene Wurzel hinab, bis er schließlich bei Salahs Tor angekommen war. Die runde Poöffnung fühlte sich ganz weich an und reagierte mit einem aufgeregten Zucken auf die süßen Küsse. Eine Gänsehaut zeichnete sich ab. Fabian rieb sich die Finger mit dem Gleitmittel ein und fuhr glitschig in die warme Höhle. Schon die ersten schüchternen Bewegungen zeigten bei Salah große Wirkung. Er bog sich vor Lust, während Fabian die Öffnung spielerisch weitete – erst mit einem Finger, später mit zweien auf einmal. Bei Finger Nummer drei ließ sich der zarte Eingang nicht mehr gar so leicht weiten, wie zuvor. Salahs Gesichtsausdruck wechselte zwischen Lust und wohligem Schmerz. Fabian nahm sich in dieser Phase viel Zeit, damit er seinen Freund später nicht verletzte, wenn er in ihn eindrang. Gleichzeitig musste er darauf achten, dass er Salah nicht zu sehr mit den Fingern stimulierte, denn dessen gespannter Körper kündete eine vorzeitige Ejakulation an. Fabian stülpte sich daher flink eines der XXL-Gummis über und verrieb großzügig Gleitmittel über seinem Glied. Unterstützend umgriff er seinen Penis unter der Eichel, als er ihn an Salahs Öffnung drückte. Doch selbst unter hartnäckigem Druck bekam Fabian ihn kaum hinein. Immer wieder rutschte er aus seinem völlig überanstrengten Freund heraus. Es dauerte eine ganze Weile, ehe Salah endlich den kugeligen Kopf in sich aufgenommen hatte. Einen Moment hielten sie inne. Salahs Gesichtsausdruck war unglaublich angestrengt. An seinem Hals traten dicke Adern hervor, die Haare klebten ihm schweißnass im Gesicht und zwischen seinen zusammengepressten Kiefern drückte er markante Seufzer hervor. Er wirkte überreizt und gleichzeitig völlig entkräftet. Und als Fabian es wagte mit sanftem Nachdruck etwas tiefer in seinen Freund einzudringen, war es passiert. Salah ergoss sich unter heftigem zucken und schnauben. Glücklich schmiegte sich Fabian an Salahs Flanken, der schon bald völlig erschöpft einschlief. Er erwachte erst wieder, als Fabian bereits dabei war seine Sachen im Morgengrauen zusammen zu suchen, um sich anzuziehen.

„Ist es schon so früh am Morgen?", rieb sich Salah die Augen. Er fühlte sich wie ein Bär, der gerade aus dem Winterschlaf erwacht war. Fabian lächelte zustimmend. „Du hast geschlafen wie ein Murmeltier!"
„Das tut mir leid. Ich hätte gerne mehr von dir gehabt.", beteuerte Salah, weil er ihre kostbare gemeinsame Zeit verschlafen hatte. „Kommst du morgen wieder um dieselbe Zeit?"

„Ich hoffe, dass ich frühzeitig wegkomme. Mein Vater hat morgen Geburtstag."

„Oh.", war Salah etwas enttäuscht. Er ahnte, dass Fabian sich in diesem Falle wohl nicht so früh von seiner Familie absetzen konnte.

„Hat´s dir gefallen gestern?", kam Fabian auf ihn zu und streichelte ihm über die Wange.

„Ja.", schwärmte er. „Es war wunderschön! Schade nur, dass ich so früh gekommen bin.", beteuerte Salah ehrlich und schenkte Fabian den süßesten Blick, den der je gesehen hatte.

„Dann machen wir heute Abend am besten da weiter, wo wir aufgehört haben.", lächelte Fabian zurück und verabschiedete sich mit sehnsüchtigen Küssen von ihm.

*

Salah fühlte sich den gesamten Tag richtig glücklich. Die Arbeit lief ihm leicht von der Hand, er lachte mit den Urlaubsgästen und war einfach nur dankbar, dass er einen Jungen wie Fabian im *Eden* getroffen hatte, mit dem er Nacht für Nacht so wunderschöne Stunden verbrachte. Sein Po fühlte sich immer noch strapaziert an; und gleichzeitig konnte er noch Fabians geschwollene Lust darin spüren. Die morgendliche Dusche hatte seinen Geruch noch nicht weggespült und wenn sich Salah mit der Zunge über die Lippen fuhr, die Fabian die ganze Nacht geküsst hatte, konnte er ihn immer noch schmecken. So war er stets bei ihm und begleitete ihn durch den arbeitsreichen Tag.
„Hallo Salah.", riss ihn eine freundliche Männerstimme aus seinen Gedanken. Es war bereits früher Nachmittag. Salah absolvierte seine zweite Schicht an der Poolbar und war gerade dabei frische Zitronen in Scheiben zu schneiden. Als er aufblickte erkannte er Markus, Fabians Vater, der ihm freudig eine Hand zur Begrüßung entgegenstreckte. Salah erinnerte sich daran, dass Markus heute Geburtstag hatte und gratulierte ihm höflich. „Einen wunderschönen Geburtstag, *feliz cumpleaños Señor*! Möchten Sie ein Glas Champagner zur Feier des Tages?", lächelte Salah ihn beschwingt an. „Das ist sehr freundlich, mein Junge, aber ich bleibe lieber bei einer Diät-Cola. Mit Zitrone bitte. Bei dieser Hitze muss man vorsichtig sein."

„Wie Sie wünschen, *Señor*.", bereitete er das kühle Getränk vor.
„Wir hatten uns doch auf *Markus* geeinigt, Salah!?!" korrigierte er freundschaftlich.
„Ich würde dich heute Abend gerne einladen mit uns zusammen meinen Geburtstag zu feiern. Ich hoffe du hast noch nichts vor. Wir haben einen großen Tisch im *El Calamar* reserviert. Kennst du es? Es ist das kleine Fischrestaurant auf der Klippe bei den Tropfsteinhöhlen. Es hat ganz tolle Bewertungen erhalten. Du bist herzlich eingeladen dort mit uns zu feiern. Wir und besonders Fabian würden uns sehr darüber freuen, wenn du kommen könntest." Salah war völlig sprachlos. Die Einladung kam absolut unerwartet und warf viel zu viele Fragen auf. Hatte Fabian seinen Eltern etwa von ihrem Verhältnis erzählt? Es hatte fast den Anschein. Doch das kam ihm viel zu romantisch, ja fast schon utopisch, vor. Fabian hätte es sicher nicht gewagt von ihrer jungen Liebe zu berichten. Sie hatten schließlich darüber gesprochen, wie gefährlich es war, wenn jemand von ihnen wusste. Daher vermutete er, dass die Einladung eher eine Geste der Dankbarkeit war, weil Salah ihrem Sohn die Stadt gezeigt hatte und die Familie bemerkt hatte, wie gut sich die beiden Jungs verstanden. Auch in diesem Fall erschien ihm die Einladung zum *El Calamar* recht großzügig, aber er freute sich über die offene Art, mit der Fabians Eltern ihm so selbstverständlich ihre Dankbarkeit ausdrückten. Gleichzeitig machte er sich allerdings auch Sorgen, ob

man bei so einem intimen beieinander sein nicht bemerkte, dass er eine Liebesbeziehung mit ihrem Sohn führte. Ob Fabians Familie sich dann immer noch so großzügig zeigte? Sie würden sich den gesamten Abend verstellen müssen, um nicht enttarnt zu werden. Das ärgerte ihn. Immerhin blieben ihnen nur noch ein paar wenige Tage, ehe ihre gemeinsame Zeit im *Eden* endete und darum war jede Stunde ohne Fabian vergeudete Zeit. Dabei hatte er sich schon so darauf gefreut den schönen gestrigen Abend mit ihm fortzusetzen – vereint in Geborgenheit und tiefer Ekstase. Doch nun würde die Geburtstagsfeier seines Vaters ihnen einen Strich durch die Rechnung machen. Das Restaurant lag gute zwanzig Minuten Autofahrt vom *Eden* entfernt. Fabian würde also nicht sofort nach dem Abendessen zu ihm kommen können, sondern musste warten, bis die Familie den Abend im *El Calamar* gemeinsam beenden würden. „Ich komme mit!", entschied er spontan. „Vielen Dank für Ihre Einladung, Markus!" Er war definitiv bereit das Risiko auf sich zu nehmen von der Familie enttarnt zu werden. Ja, sogar fristlos entlassen zu werden war es Wert, wenn er nur diesen Abend nicht auf Fabian verzichten musste. Sie würden zwar nicht intim sein können, aber zumindest würde er an seiner Seite sein. „Wunderbar. Wir werden um acht Uhr von einem Taxi am Hoteleingang abgeholt. Am besten lesen wir dich am großen Platz ein. Fabian meinte, es wäre besser, wenn niemand mitbekäme, dass du privat mit uns

feierst.", erzählte Markus sachlich weiter. „Also abgemacht? Kurz nach acht am großen Platz?"
„A... abgemacht!", schluckte Salah trocken.

Um acht Uhr stand er, wie vereinbart am großen Platz. Er hatte schon einige Verabredungen an diesem Ort gehabt, doch heute war er definitiv am aufgeregtesten. Unauffällig suchte er die Umgebung nach Kollegen oder bekannten Gesichtern des *Edens* ab, aber bis auf ein paar Urlaubsgäste, die sich ausschließlich für die zahlreichen Shops interessierten, war nichts Beunruhigendes zu entdecken. Er sah an sich hinab und betete, dass er für den Abend angemessen gekleidet war. Er hatte daheim noch die festlichere Ausgehvariante mit Hemd, langer Hose und Sakko anprobiert; sich aber letztendlich doch für ein sommerlich, legeres Outfit entschieden. Er trug eine beigefarbene knielange Hose, ein sauberes und fast neues Paar Leinenschuhe und dazu ein kurzärmliges hellblaues Hemd, welches sich perfekt an seine schmale Statur anschmiegte. Er selbst empfand sich schick, hatte aber keine Ahnung in welchem Rahmen Fabians Familie den Geburtstag von Markus feierte. Salah wollte auf jeden Fall einen guten Eindruck machen, aber die Anzugs-Variante kam ihm dann doch zu *overdressed* vor. Fabians Familie machte ja eigentlich eher einen lockeren Eindruck. Für Markus hatte er extra noch eine Flasche von dem Rotwein gekauft, den sie kürzlich bei *Mercadona* getestet hatten. Er wollte schließlich nicht mit leeren Händen erscheinen. Unbewusst lief Salah ein paar Schritte hin und her, um sich der Aufregung zu entledigen. Außerdem drückte ihm die Blase, dabei war er kurz bevor er los gegangen war, extra noch mal auf der Toilette gewesen. Er versuchte sich innerlich zu beruhigen. Fabian hatte es wirklich geschickt eingefädelt den großen Platz als Treffpunkt zu wählen. Wie er seine Eltern davon überzeugt hatte? Er war ihm auf jeden Fall ziemlich dankbar für sein cleveres Mitdenken und küsste ihn gedanklich dafür. Jetzt blieb nur noch die Frage offen, wieviel Markus und Helena von ihrer jungen Liebe mitbekommen würden. Er würde sich selbst permanent daran erinnern müssen, dass sie ihre natürliche Vertrautheit und den inneren Wunsch auf Nähe, vor der Familie nicht zeigen durften. Er war sich nicht sicher, ob er Fabian in einem unkontrollierten Moment nicht einfach über die Wange streichelte oder ähnliches... Salah wischte sich ein letztes Mal die feuchten Hände am Hosenbein ab, da brauste auch schon ein Großraumtaxi um die Ecke und hielt exakt vor ihm. Die Seitentür sprang auf und Fabian winkte ihm freudestrahlend einzusteigen. Sofort stieg er auf die mittlere Bank und noch ehe er sich auf den freien Platz neben Fabian setzen konnte, umarmte und küsste ihn Fabian überglücklich. Der Taxifahrer trat aufs Gaspedal und sauste los. Salah war verwundert. Fabians Begrüßungskuss konnte keinesfalls als „freundschaftlich" interpretiert werden. Es sei denn in

Deutschland küssten sich Freunde generell ein wenig länger und noch dazu mit der Zunge.
„Entschuldige, dass es etwas überfüllt ist. Wir hatten eigentlich zwei Taxen bestellt, aber der Fahrer war fest davon überzeugt, dass das hier ausreicht. Schnallt euch jedenfalls gut fest. Dieser Klapperkiste traue ich keine fünf Cent weit über den Weg.", lachte das Geburtstagskind vom Beifahrersitz her. Tatsächlich hatte der Taxifahrer die Passagiere ziemlich Tetris-mäßig gestapelt. Auf die letzte Bank quetschten sich Fabians Oma Elisabeth und seine große Schwester Miriam mit Theofanis, ihrem griechisch-stämmigen Ehemann. Außerdem trug Theo ihr gemeinsames Baby Amelie auf dem Arm. In der mittleren Reihe nahm neben Salah und Fabian noch seine Mama Helena am Fenster Platz und ganz vorne neben dem Taxifahrer teilten sich Markus und seine jüngste Tochter Marie den Beifahrersitz. Zusätzlich war der Kofferraum des Fahrzeugs komplett mit Taschen, Jacken und einem Kinderwagen überladen. Bei jedem Hügel und jeder Einkerbung, auf der mit Schlaglöchern übersäten Straße, knarzte und krachte das überladene Fahrzeug bedenklich. Der Kinderwagen polterte von Seite zu Seite und die Insassen kommentierten die Höllenfahrt regelmäßig mit einem angsterfüllten „Wooouuu" oder „ooohhh", worüber sich der Taxifahrer nur amüsierte. Auch Salah schrie mit den anderen mit, wenn sie gerade wieder ein Loch in der Straße mit sechzig Sachen überfuhren; doch er war weniger angsterfüllt, als

vielmehr belustigt und glücklich. Fabians Eltern wussten offensichtlich über ihre Liebesbeziehung Bescheid und fanden diese okay. Mehr sogar: Sie unterstützten die Geheimhaltung vor der Direktion aktiv mit. Sie würden den gesamten Abend ein ganz normales Liebespaar sein können und brauchten sich vor niemanden verstecken. Salah war davon richtig beflügelt und hatte die Familie sofort in sein Herz geschlossen.

Nach knappen zwanzig Minuten spektakulärer Taxifahrt voller Schreie und Gelächter, schälten sich die durchgerüttelten Insassen nun schließlich einer nach dem anderen aus der Sardinenbüchse des Grauens und staunten über das atemberaubende Ambiente des *El Calamar*. Umgeben von Felsen und Pinien auf der einen Seite und einem steil abfallend schroffem Kliff und dem Mittelmeer auf der anderen, ragte das kleine schlichte Lokal mit seiner gemütlichen Beleuchtung empor. Das Gebäude selbst war ein wenig rustikal und die bröckelnde Fassade trotzte mehr schlecht als recht dem salzigen Wind. Aber es genoss einen hervorragenden Ruf und bot, nach Meinungen der Mallorquiner, die besten Fischgerichte der Region an. Die Familie betrat das gemütliche Lokal und sofort kam eine dicke Wirtin gutgelaunt auf sie zu und führte die Gruppe zu einer ausladenden Terrasse, die erhaben über dem Meer thronte. Die Familie nahm an einer großen Tischgruppe Platz und bestaunte die einfache Schönheit des Restaurants. Leuchtend rote Bougainvillea und duftender Jasmin rankten abwechselnd um eine aus groben Felsbrocken gehauene Natursteinmauer und üppiger Oleander, Kakteen und Steinwurze zierten die Terrasse. Der Wind brachte eine salzige Brise vom Meer und vermischte sich mit dem Duft von geröstetem Knoblauch, Rosmarin und gegrilltem Fisch. Die Terrasse ragte zu zwei Seiten über das offene Meer. Die übrigen Seiten begrenzten das Lokal selbst, sowie steil aufragendendes Felsgestein. In den Nischen der groben Felsbrocken funkelten mehrere Windlichter wie kleine Sterne und ihre flackernden Flammen warfen lange Schatten die Steinwand empor. Über den offenen Seiten zum Meer baumelten bunt bemalte Glühbirnen an einer Lichterkette, die vom Lokal zu einer Laterne und von dort weiter zur Felswand gespannt war. Kleine Falter flatterten aufgeregt um das gelbe Laternenlicht und waren von dem lauen Sommerabend mindestens so betört, wie die Geburtstagsgesellschaft selbst. Die Familie nahm ihre Plätze an einem der schlichten Tische ein - Fabian natürlich neben Salah. Die Jungs hielten sich an den Händen und lauschten dem geselligen Treiben der Familienmitglieder. Marie rannte mit ihrer Zottelpuppe auf der Terrasse herum, legte diese aber schnell ab, als sie den kleinen Chihuahua des Gastwirtes entdeckte. Ein spanischer Junge, ein paar Jahre jünger als Marie, schloss sich ebenfalls an und bald erkundeten die beiden Kinder mitsamt dem Chihuahua die gut besuchte Terrasse und tobten abenteuerlich durch das gesamte Lokal.

„Also ich glaube wir haben noch ein weiteres Kind, dass hier seine erste Urlaubsliebe erlebt.", lachte Markus und deutete auf seine Jüngste, die den kleinen Spanier an die Hand nahm und ihn wie ein Hündchen hinter sich herzog. Alle lachten und Fabian gab Salah demonstrativ einen Kuss.
„Aber meiner ist süßer!", betonte er. Salah war glückselig. Bald kam auch der Chef aus der Küche, ein winziger Mann mit einer roten Knubbelnase. Er blieb eine Weile bei der Familie stehen und erzählte eine Geschichte in einem Kauderwelsch, irgendwas zwischen katalanisch und deutsch. Weder Salah noch Fabians Familie verstanden, was er wollte, aber als er seine Geschichte mit der Phrase ′Mein Gott, Walter′ beendete, lachten alle. Trotz seiner übersichtlichen Deutschkenntnisse konnte sich Salah mit allen verständigen und unterhielt sich sogar eine ganze Weile sehr angeregt mit Miriam, die ihm davon erzählte, noch mindestens zwei Kinder zusammen mit Theo zeugen zu wollen. Die kleine Amelie sollte jedenfalls unbedingt mit Geschwistern aufwachsen. Bald wurde das erste Essen serviert und die ersten leeren Gläser Wein gegen volle ausgetauscht. Wie sich heraus stellte, war der Knubbelnasen-Wirt auch gleichzeitig der Küchenchef und seine Frau die einzige Angestellte in dem Lokal. Kein Wunder, dass es eine gewisse Zeit dauerte, bis die Tapas-Vorspeisen serviert waren und ebenso lange Zeit verstrich, bis sie wieder abgeräumt wurden. Nur mit dem Getränkenachschub lief es zügig. Salah war es von

zu Hause gewohnt, dass das Abendessen durchaus bis in die Nacht dauern konnte. Er war jedoch überrascht, dass sich seine deutsche „Zweitfamilie" daran nicht störte. Vom Speisesaal aus dem *Eden* kannte er das ganz anders. Aber dort war ja das Ambiente auch nicht so idyllisch wie im *El Calamar*. Doch die Münchner Familie schien es zu genießen ohne Hast zu dinieren und sich an den feuchtfröhlichen Genüssen zu laben. Man unterhielt sich viel und Salah erfuhr unter anderem, wie sich Miriam und Theofanis bereits im Kindergarten kennen gelernt hatten, Helena ihrem Mann einmal aus Versehen Enthaarungscreme statt Zahncreme gereicht hatte oder Fabian als kleiner Junge seine schlafende Oma Elisabeth mit Schokolade dekoriert hatte. „Die braunen Flecken sieht man heute noch auf meiner Couch.", lachte die Alte heißer. Das ganze Beisammensein erinnerte ihn unheimlich an seine eigene Familie in Malaga und die vielen Abende, an denen sie alle versammelt im *Patio* saßen und Stunden über Stunden zu Nacht aßen. Ihm war es bisher nicht bewusst gewesen, doch augenblicklich spürte er, wie sehr er seine Familie vermisst hatte und wie sehr er sich nach ihrer Geborgenheit aus alten Tagen gesehnt hatte. Seine Entwicklung im *Eden* hatte ihn jedoch fremd gemacht. Seine Eltern würden kaum verstehen können, warum er mit einem Jungen zusammen war und mit ihm schlief. Sie kannten ihn doch ganz anders. Er war für sie immer noch der kleine *hijo*, der traditionsbewusst und gehorsam war. Fabians Hand zu halten, fühlte sich für

Salah richtig an. Für seine Familie bot dies jedoch vermutlich ein absolut verzerrtes Bild von ihm, welches sie nur schwer begreifen würden. Doch die eigentliche Trennung von seiner Familie hatte er durch Mr. Alexej erfahren. Dass er sich mit einem Mann in Papas Alter rumgetrieben hatte, war eine Sache, doch dass er seinen Körper für Geld verkauft hatte, würden sie niemals akzeptieren. Als er zum Stricher wurde, hatte seine Familie ihren Salah für immer verloren. Nun begriff er, warum er sich so leer fühlte. Die Depression hatte offenbar auch mit der einhergehenden Entzweiung zu tun. Der Bruch hatte ihn für immer von seiner Familie getrennt. Sie würden sich zurecht seiner schämen. Und das tat er selbst auch. Bis er Fabian kennen gelernt hatte. Es war das erste Mal seit langem, dass er sich wieder selbst Begreifen konnte. Seine Gefühle waren lebendiger als zuvor und dass er einen jungen Mann liebte, konnte er akzeptieren. Aus Salah und Fabian war ein Liebespaar geworden und heute Abend war dieses Liebespaar für alle anwesenden sichtbar. Keine Versteckspiele, kein Gefühl, dass irgendetwas an ihrer Liebe falsch war. Im Gegenteil: Fabians Familie betrachtete ihn als einer von ihnen. Sie waren froh darüber, dass er ihren Sohn glücklich machte. Und sie freuten sich über ihre junge Liebe. Es passierte genau in dieser Nacht, dass Salah sich selbst auch wieder lieben konnte und seine verwundete Seele verheilte.

*

Erst Mitten in der Nacht wurde die Geburtstagsfeier aufgelöst. Man verabschiedete sich als eine der letzten Gäste Hände schüttelnd bei dem Wirt und seiner Frau und bedankte sich für den grandiosen Abend. Eine weitere wilde Taxifahrt chauffierte die Familie zum Hotel zurück, wo sie sich mit dicken Bäuchen und müden Augen voneinander verabschiedeten und sich in ihre Zimmer zurückzogen. Nur Fabian und Salah waren noch hellwach. Sie waren viel zu verliebt und glücklich, als dass sie hätten schlafen wollen. Außerdem flog Fabian in zwei Tagen schon wieder zurück nach Deutschland. Daher war es nicht verwunderlich, dass die beiden ihre letzten gemeinsamen Stunden auskosteten. Sie hatten sich über die Feuerleiter einen Zugang auf das Flachdach des *Eden* verschafft und sich dort auf einer Decke ausgebreitet. Mit dabei ein Rucksack voller Getränke und Kekse. Arm in Arm lagen sie in ihrem Daunennest und sahen in den sternenklaren Himmel.

„Deine Familie ist fantastisch!", schwärmte Salah und bekam dafür sofort einen zärtlichen Kuss.

„Und sie finden dich fantastisch.", lobte Fabian seinen Freund. „Schau mal...", deutete er plötzlich in das funkelnde Sternenmeer. „Da war eine Sternschnuppe. Ich wünsche mir...", schloss er die Augen und betete stillschweigend in sich hinein.

„Na was denn?", neckte Salah „Was hast du dir gewünscht?"
„Sei nicht so neugierig.", lachte Fabian. „Außerdem darf man die Wünsche niemanden verraten, sonst werden sie nicht wahr."
„Wenn du sie niemandem verrätst, kann sie dir ja auch keiner erfüllen."
„Nichts da.", blieb er eisern. „Aber eines kann ich dir erzählen: Wir hätten beide etwas von dem Wunsch." Er nahm seinen Freund in den Arm und drückte ihn feste an sich. „Oh Mann, ich werde dich echt ziemlich vermissen.", seufzte er traurig und dann küssten sie sich lange und schmatzend.
Stundenlang lagen sie schweigend auf der Decke und sahen zu wie der Mond von links nach rechts wanderte. Immer wieder drückten sie sich feste aneinander und küssten sich unermüdlich. Und als der Himmel hinter den östlichsten Bergen etwas heller zu schimmern begann, neigte sich Salah zu seinem Freund und flüsterte ihm sehnsüchtig zu.
„Ich habe auch einen Wunsch, von dem wir beide etwas hätten..."
Sie brauchten nicht viele Worte, um zu begreifen, dass nun der Augenblick gekommen war. Der Augenblick, den Salah sich schon so lange herbeigesehnt hatte. Doch heute Nacht, da war er sich sicher, wünschte er sich Fabian aus den richtigen Gründen in sich. Es ging nicht mehr um die Vertreibung von Mr. Alexej und es ging auch nicht darum Beschämendes ungeschehen zu

machen. Er hatte in diesem Moment auch nicht den Wunsch seine Familie wieder zurückzugewinnen – er war sich seit heute wieder selbst genug Wert. Und vor allem ging es auch nicht darum seine verborgenen Wünsche hinter wahnwitzigen Begründungen zu verstecken. Heute Nacht ging es nur darum die Person, die ihm am meisten auf dieser ganzen Welt bedeutete, unendlich tief und innig in sich zu spüren. Bei der Vorstellung sich so nahe zu kommen, wurden beide unkontrolliert hart und als Fabian die Knöpfe seiner Hose öffnete reckte sich sein knochenhartes Glied steil und einladend gen Himmel. Salah setzte sich auf Fabians Lenden und genoss den sanften Druck, den der harte Muskel auf seinem Damm hinterließ. Mit gleitenden Bewegungen stimulierte er sie beide und konnte sich gleichzeitig mit den Dimensionen anfreunden, die er gleich in sich einführen würde. Salahs Muskulatur entspannte sich durch die aufschäumende Erregung.
„Vergiss das nicht.", keuchte Fabian und zog das Gleitgel und die Kondome aus dem Rucksack.
„Du hast wirklich an alles gedacht.", schmunzelte Salah glücklich.
„Ich wollte darauf vorbereitet sein, mein schöner Freund!", stöhnte er erregt. Sein Blick hatte diesen gewissen hungrigen Ausdruck, den er immer bekam, wenn sie sich liebten. Salah erkannte, wie bereit sein Freund für den Akt war und verrieb mit geschickter Hand die flutschige Lotion auf Fabians Lenden und

präparierte mit den Fingern seinen weichen Eingang. Fabians Muskel reckte sich nun hart gegen seinen Anus und Salah verstand es mit geschickten Bewegungen seiner Hüften den geschwollenen Peniskopf zu reizen. Er hielt dabei seinen Freund an den Händen, die Finger ineinander verhakt. Fabian hatte das Kinn in den Himmel gereckt und kaute angespannt auf der Unterlippe. Millimeter um Millimeter öffnete sich Salah, während Fabian sich, mit sanftem Druck, einfühlsam den Weg in die warme Höhle ebnete. Doch trotz aller Vertrautheit und Bereitschaft war Fabian so massiv gebaut, dass er, selbst bei heftigem Nachdruck, sich nicht abschließend in Salah einführen konnte. „Warte kurz. Wir müssen es anders machen.", unterbrach Salah erschöpft. „Bleib einfach liegen. Ich mache das für uns.", saß er in der Hocke, Fabians harter Muskel kerzengerade auf seinen Anus gerichtet. Mit beiden Händen hielt Salah Fabians Stab und setzte sich nach und nach mit vollem Körpergewicht auf das glitschige Glied, bis es schließlich, wie ein Schwert, in ihn einfuhr. Ein noch nie dagewesener Schmerz durchfuhr ihn in diesem Moment. Er hatte das Gefühl, Fabian riss ihn von innen auf. Er schloss die Augen und hielt den Atem an. Dicke Adern quollen an seinem Hals und Schweißtropfen auf seiner Stirn rannen perlend das Gesicht hinab. Statt eines Schmerzensschreis, löste sich jedoch Salahs Anspannung in einem langgezogenen „hhhaaahhhh" Die Luft entwich einmal vollständig aus seinen Lungen, bis er erleichtert aufatmete. Er öffnete

die Augen und die Jungs blickten sich für einen Moment glücklich an. Sie hielten erleichtert ihre Hände und drückten diese feste. Mehr mussten sie erst mal nicht unternehmen. Ihre Emotionen vermischten sich zu einem wilden Klüngel aus Freude, Liebe, Feuer, Dankbarkeit, Glückseligkeit…
Salah küsste Fabians Hand und blickte ihm dabei beglückwünschend in die Augen. Und mit der aufgehenden Sonne und in der hellen Morgendämmerung liebten sie sich mit sanften Stößen. Es war die tatsächlich schönste Erfahrung, die er je gemacht hatte. Sie kamen nach einer kurzen Weile nahezu gleichzeitig. Fabian in ihm und Salah ergoss sich über Fabians Rumpf. Er hatte sich dafür noch nicht einmal selbst berühren müssen. Erst nachdem er die Augen wieder geöffnet und sich von seinem Freund abgerollt hatte, erkannte er allmählich wieder, dass sie auf dem Dach des *Eden* waren. Die Sonne hatte den Tag eingeleitet und das erste Leben im Hotel war erwacht.

*

„Kaffee oder Tee?", blinzelte ihn die freundliche Stewardess an. Salah ließ sich einen Kaffee bringen und rührte ein Päckchen Zucker in die heiße Plörre. Seine Saison im *Eden* war beendet. Ein halbes Jahr hatte er dort verbracht und mehrere tausend Gäste bewirtet und umsorgt. Müde ließ er sich nun zurück in die hellgrauen Kunstledersitze des *Airbus* sinken, der ihn mit über achthundertfünfzig Sachen zurück nach Malaga flog. Die Sonne schien strahlend durch die klare Luft über den Wolken und wärmte seinen Torso angenehm. Salah war froh, dass er das *Eden* endlich verlassen durfte. Die letzten drei Wochen, seit Fabian nach Hause geflogen war, waren schrecklich gewesen. Er hatte sich verlassen gefühlt und einsam. Das Hotel hatte ihn immerzu an seinen jungen Freund erinnert und doch war es unmöglich, dass dieser überraschend an der Poolbar auftauchte und ihn so liebevoll anlächelte, wie er es immer getan hatte. Irgendwie hatte er es all die Zeit geschafft nicht zu weinen, aber sein Herz war tränenschwer.

Der letzte Tag mit Fabian war unglaublich traurig gewesen. Am frühen Vormittag trugen die Hotelpagen die Koffer der Familie vor das viktorianische Gebäude, wo sie gemeinsam mit einer Hand voll Urlaubern auf den Transferbus warteten, der sie zum Flughafen Palma bringen würde. Die Abreisenden vertrieben sich die

Zeit, indem sie sich unterhielten und kleine Urlaubserlebnisse untereinander austauschten. Obwohl sie zufrieden mit ihrem Aufenthalt gewesen waren, konnte man ihnen eine gewisse Freude entnehmen, wieder zurück in die Heimat zu kehren. An der Rezeption wurden nochmals höflich Hände geschüttelt und mit einem freundlichen Lächeln eine gute Reise gewunschen. Die Kinder wurden abermals auf die Toiletten geschickt (letzte Gelegenheit, bevor man im Bus saß) und Papiere und Reisedokumente wurden ein ums andere Mal gesichtet. Ein gewisses Kribbeln und eine leichte Reise-Nervosität waren den Gästen anzumerken. Fabian und Salah hielten sich etwas abseits des Getümmels auf. Sie hatten sich einen schattigen Platz unter einer der knöchernen Kiefern gesucht, die zahlreich zwischen Strand und Straße gesäumt waren, und umarmten sich feste. Sie wussten, dass sie sich in wenigen Minuten nie mehr gegenseitig würden drücken können. Ein dicker Kloß machte sich in der Kehle breit und in ihrer Brust begann es schmerzlich zu ziehen. „Ich will nicht, dass es vorbei ist.", murmelte ihm Fabian in die Halsbeuge. Salah wollte das auch nicht, aber er konnte nichts entgegnen, was die Situation leichter gemacht hätte. Sie konnten nichts weiter tun, als sich ein letztes Mal gegenseitig zu halten. Noch ein letztes Mal den Duft ihres Liebsten einzuatmen. Sich ein letztes Mal geborgen fühlen. Dann kam der Bus und es zerriss ihnen fast das Herz, als Fabian nach mehreren Aufforderungen seiner Eltern, sich endlich von Salah losgerissen hatte. Niedergeschlagen blickte er hinter der Fensterscheibe zu Salah hinaus und warf ihm einen stummen Kuss zu. Dann brauste der Bus unter tosendem Rattern davon und war nach ein paar Metern hinter der nächsten Biegung verschwunden. Es zog so heftig in Salahs Brust, dass ihm die Luft wegblieb und er sich auf den Boden setzen musste. Danach fing er an zu weinen. Es war ihm unvorstellbar die Zeit ohne Fabian zu verbringen. Er konnte es nicht akzeptieren, dass er ihn nie mehr halten und nie mehr einen seiner weichen Küsse empfangen würde. Es machte ihn rasend vor Zorn, dass er ihn einfach hatte gehen lassen müssen. Er musste ihn noch einmal sehen. Er konnte ihn nicht so davonziehen lassen. Gleichermaßen aufgelöst und entschlossen war er fünf Minuten später bei Marisol aufgeschlagen, seiner Kollegin, mit der er noch zu Anselmos Zeiten oft etwas zusammen unternommen hatte. Unter Tränen bettelte er sie an, ihn an den Flughafen zu bringen und nur Augenblicke später knatterten die beiden in Marisols alter Rostlaube in Richtung Palma. Während der Fahrt berichtete ihr Salah von seinem Verhältnis mit Fabian und ließ sie an der wunderbaren Zeit mit ihm teilhaben. Marisol war zugleich gerührt und verwundert und trat noch fester aufs Gaspedal, damit sie Fabian noch rechtzeitig erreichten. Am Eingang zur Flughalle hielt sie an. „Los, raus mit dir! Ich suche einen Parkplatz und komme nach. Ich finde dich schon! *Anda!*" Salah nahm die Beine in die Hand und stürmte davon. In der

Abflughalle war nichts von Fabian und seiner Familie zu sehen. Ein kurzer Blick auf einen der vielen Monitore mit den Abflugzeiten lotste ihn zu dem Gate, an dem Fabians Maschine starten würde. Atemlos rannte er quer durch die langen Gänge des Flughafengebäudes. Er schlug blitzschnelle Haken, um entgegenkommende Personen nicht zu verletzen, die ungeschickt seinen Weg kreuzten. Immer wieder entschuldigte er sich höflich im vorbei rennen bei den Passanten, die ihn böse anfunkelten. Aber von Fabian war nichts zu sehen. Schließlich bemerkte er, dass er sich im falschen Bereich aufhielt und musste ein ganzes Stück zurück rennen, ehe er wieder auf dem richtigen Weg war. Und dann erblickte er ihn.
„Fabian.", rief er über die langen Flure. Doch Fabian konnte ihn nicht mehr hören. Seine Familie und er passierten gerade die Sicherheitskontrollen und waren vollkommen damit vertieft ihr Handgepäck in Plastikboxen zu verstauen, die über ein Förderband in einen Durchleuchtungs-Apparat transportiert wurden.
„FABIAN!", schrie er erneut. Aber er konnte nur noch dabei zusehen, wie die Familie ihre Habseligkeiten wieder an sich nahm und eiligen Schrittes davonzog. Das war's. Die Gepäckkontrollen konnte er ohne Flugticket nicht passieren. Fabian war für immer weg. Seine Augen füllten sich schmerzlich mit Flüssigkeit und die ersten dicken Tränen kullerten an den Wangen hinab. Da erspähte Marisol endlich ihren Kollegen und legte ihm tröstend ihren Arm um die Schultern. Sofort

ließ er sich in ihre Umarmung fallen und weinte herzzerreißend.

Salah drückte den Papier-Kaffeebecher zusammen und sah aus dem Bullaugenfenster auf die schneeweißen Wolkenformationen unter ihm. Drei Wochen waren seit Fabians Abschied vergangen und der Schmerz war nicht besser geworden. Er hatte jedoch gelernt ihn zu akzeptieren und hoffte nun auf einen Neuanfang in Malaga. Der Flug weg vom *Eden* machte die Situation tatsächlich erträglicher. Er fühlte regelrecht, wie er das Hotel mit all den Ereignissen, die es für ihn bereitgehalten hatte, hinter sich ließ. Mit jedem weiteren dutzend Kilometern, denen er der andalusischen Sonne entgegenflog, stärkte sich sein fragiles Gemüt. Er blickte nun zurück auf eine fantastische Zeit, die er erlebt hatte. Auf Freundschaften, die entstanden waren, auf wundersame Einblicke, die er hatte genießen dürfen und auf kostbare Bekanntschaften, deren intensive Gefühle er niemals mehr vergessen würde. Mit seiner Erinnerung würde er das halbe Jahr im *Eden* feste in seinem Herzen versiegeln. Malaga war eine neue alte Welt. In einer knappen halben Stunde würde ihn seine Familie am Flughafen empfangen und ihm überschwänglich um den Hals fallen. Sie würden ihn herzen und drücken und ihm alle auf einmal erzählen wollen, was er das letzte halbe Jahr versäumt hatte. Flor würde mit einem Teddybären am Gate auf ihn warten und ihren lange vermissten Freund endlich wieder in die Arme nehmen können. Und schon bald würde er wieder ein ganz normaler Junge sein, der seine Freundin liebte, sie heiratete und eine große Familie gründete.

Die Männer aus dem *Eden* hatten ihn geprägt und zu einem neuen Menschen reifen lassen und dennoch würden sie in seiner alten Welt in Malaga keine Bedeutung mehr haben.

Oder etwa doch???

Zum Autor

Als selbst queer lebender Mann, verfasst der Autor, unter dem Pseudonym Timo Vega, seine Erzählungen aus Sicht der LGBTQ-Community. Dabei fühlt er sich gleich in mehreren Genres zu Hause. Den Fokus setzt er dabei auf das emotionale Erleben seiner Figuren. In bildlicher Sprache und analytischer Feinarbeit entfalten sich vor den Lesenden schließlich alle Schichten, um in einem logischen Gesamtkontext abzuschließen.

Lesen Sie auch die Kurzerzählung „Der Innere Punkt" von Timo Vega.